JN077150

ジュリエット・コーノ
Juliet S. Kono
牧野理英＝訳

ツナミの年

Tsunami Years

小島遊書房

私は何度も何度も見たことがある。
石の上を、冷たく、意のままに
すこしよそよそしくうごめいていく、いつもと同じ海を――
それは石の上、そして世界の表面をうごめいている――
舐めると、はじめは苦く
塩辛く、そして舌をくっきりとしびれさせる。
あたかも知識がどのようなものかを想像するように
暗く、塩っぱくて、透明で、流動的で、完全に自由なもの――
この世の冷たい手から口へ落ちていく。
それはごつごつした岩の乳房から生まれ、
永遠に、ゆったりと引き伸ばされていく
私たちの知識が歴史的で、絶え間なく流れ、そして流されていくものであるように。

エリザベス・ビショップ

目次

PART 1　エリザベスの詩

PART 2　ツナミの年

PART 3　画家

訳註を＊で示し、各詩の最後に付した。

PART 1

エリザベスの詩（うた）

PART 1

The Elizabeth Poems

エリザベス・メイ・ボイストン・リーへ

雨と赤いバラ

「母さん、母さん」とあなたは唄う。
「母さんがバラを胸に刺してくれるんだ」と。
彼女はあたかも自分が今までで一番きれいなバラだと自信をもって
ベイビーローズでいっぱいのドレスに
白いクリノリンのスカート、
涙の雫のような真珠
そして胸に大きな赤いバラをつけている。
胸から光を放って
それはちきれんばかりの心臓のようだ。
波止場からあなたは見ている
彼女とあなたの父親がアフアナイの階段のある建物から
飛行機で降りてきたあのときのように
彼女と父親は泊り客と一緒に出ていく
そして葉っぱのようなキスをゲートにいるあなたに降らせる。

いつまでも、あなたは思う。
いつまでも永遠にこのままで。

でもある日、彼女は「じゃあね。さよなら。」と言った。
そして角の食料品店のところでくるっと戻ってきて
一体自分は誰で
どこからきたのかを全く忘れてしまった。
花弁のシャワーを降らせて
その棘や葉を解き放して、
オレンジ、リンゴ、
ネクタリンにかこまれて
彼女は自分の過去へと飛び込んでいく。

こんな愛はどうやって新しい展開を見せるのだろうか?
彼女は、もはやあなたの母親ではない。
今あなたを見ているのは、
エリザベスという名の子供なのだから。
あなたの手を握り、
指の間にあるあなたの肘の皮膚をこすっている。

まるでニッケルのようなその皮膚を—。
エリザベス、
そのか弱い体を受け止めるように
車までの道で彼女が言うどんな小さな声さえも、あなたはやさしく受け止める。

私たちは彼女をドライブに連れて行った。
霧雨が降り始めていた。
おしゃべりをして、
彼女の軽い風のような声が、
窓に降る雨のようにパラパラと降る。
ああ、このことなのだと私は自分自身に言い聞かせてみる。
人生の最後の降下において
蒔かれた種は、割れて中が開いている
心は外に出され、干からびているのだと。

恋文（ラブレター）

診察を受けてから何か月も経っているのに
あなたはまだ彼女のために悲しんでいる
まだ死んでもいないのに。
でも彼女は逝ってしまった、
自分の子供を亡くしたように
彼女の心は、今海の底にある
そこで彼女は足で海底の砂を蹴り上げ、
水中でかき回しているだけ

それはアル、[*] あるいはＡＤとも呼ばれている。
でも彼女の前では決して本当の病名は言わない。
その**言葉**が悪い運を呼び寄せるから。
そんなこと言ったら、胸の前で十字を切らなくてはならないのだから。
たとえばそれは捕まえたものの半分を海に戻し

三回まわって東の方へ祈らなくてはならないまじないのようなものだから。

あなたの父親と彼女の手紙
まだつき合っていたときに書かれたもの。
今は色あせた、赤いリボンで結ばれて
ビショップトラストの定期預金の箱の中に沈められている。
遠い昔、保管しておくために
彼女があなたにあげたもの、
同時に　彼女が死ぬまで
読んではならないとあなたに誓わせたもの。
私たちは螺旋階段の踊り場へ
回りながら降りていく。
一本の海藻のように縮んで、
アーチ型の冷たい部屋へ
あなたの悲しみに私たちがどこにいてもついてくるように
ドアの重い音がはっきりと響く。
そこであなたは手紙の束を、信じられないほどの大金のように
手でひっくり返してみせて
「本当に読みたくて仕方なかったんだ」と言う。

あなたは彼女に戻ってきてもらいたい。
威勢がよくて、自尊心の強い彼女に―
エアロビクスのクラスで、
八十歳なのに十回も屈伸をできるようなままで―
上品なジタバックを踊るような彼女に―
家からオフィスまで、
波が行ったり来たりして往復できるような彼女に―
あなたが悲しんでいるこのエリザベスではなくて―
太った人を指さして笑ったり、
海の匂いのするこんなエリザベスではなくて―
時はダリの時計のようにだらりと滑らかに動く。
でも今のエリザベスは、
自分にはかつて結婚して夫がいて、
息子さえ生んでいたことに驚いている。

＊アル＝アルツハイマー

均整

ブレイクの〝恐怖の均整〟を論じた後に

結婚したときには、
私たちはもうずいぶん年を取っていた。
子供が欲しかったけど
私の母は私たちが
「あんまりにも年を取りすぎている」って言うから
私たちが淡島の土手に
十月遅くなって見ることのできる紅葉のように
年老いているのだと。

でも子供ができないことをあたかも知っているように
夫の母は私たちにこんなことをしてくれた。
人生経験の最後のほとばしりのように
無意味な仕事を

一時間の入浴
他の方向を見ながら、
食べ物を落とし、
下着を汚すこと。

あなたは彼女に
夜おむつを当てる。
家用のスリッパをはかせて
喉にゆっくりとした波をたてて
石のような錠剤をのみこませるのを手伝う。

壁の上の時計は
くるりと反回転する。
もう一方の靴は履いたままで
きらきらと光ったメアリー・ジェーンの靴がポーチを踏み鳴らし
少女の頃の家の
玄関のドアを音をたてて、閉める。
その家は、インディアナ通り、ヴァレーホ、カリフォルニアにある
彼女はそこで、もう一度、

二階の寝室の
キャンディーのような白地に赤い縞模様の壁を叩いている。

疑い深いこと

エリザベスはあなたへ感謝している顔つきをしている。
だって朝、あなたが起こしたとき、
子供のように手をのばしてきたから――
それでジュースを注いで、
五グレインのパンにバターを塗ってあげたとき、
あなたにウインクさえする。
「かわいいもんだな・・・
同じ表情をお前にしなかったのか?」と
ふん! 冗談でしょ。
エリザベスは私が介護のために雇われたのだと思っている。
日本人のメイド。
手が小さくて、
適度に小柄な――
彼女にとって、これは私に関する

ただ一つのいいことらしい。
だって私は食器棚に紙をうまく敷くことができるし
その角をうまく拭くことだってできるから。
もし私が動く方の足を
右の痛んだ足のほうに置いたら、
彼女は容赦なく騒ぐ。
私が彼女にあげる飲み物はなんでもじっとみているし
飲ませようとする錠剤にもいろいろ質問してくる。
彼女は私が彼女の銀器を勝手に使ってしまうと思っている。
彼女のべっこうの櫛、シャワーキャップ、宝石
愛する息子——
彼女は私に「平気よ」というように目を向けているけれど
あたかも「あたしをバカにしないで」と言っているよう。

二人の女王

エリザベスと私は、言ってみるならば
「女同士の問題」をもっている
キッチンに二人の料理人はいらない。
蜂の巣には、二匹の女王蜂などいらない。

「ねえ、今なんて言ったの？」とエリザベスは聞く。
私たちのすべての会話を聞いている。
尊厳なんてあるはずない。彼女はただの出しゃばりなんだから。
「母さん、ほら、イヤホンをやるよ。
それに俺は母さんに話しかけていないから
気にしないでくれ」とあなたは母親の気持ちに水を差す。

テレビを見ながら、彼女はあなたの隣に座る。
あなたの腕を抱いて耳を撫でまわす。

あなたは彼女の、その厄介な手を引き離す。

ねえ。私はキスをするためそちらへ行くべきかしら──

エリザベスはそんな私にキツイ一瞥を与える。


私が食事を与え、風呂に入れる。

そして彼女はそれが嫌。

「ねえ。あの人はどこ？　どこいったの？」

あなただけ。彼女は私じゃなくてあなただけが欲しい。

「彼は私のものよ！」　確信ある言葉で私にそう言う。

ある日、家にくるまでの間に、たぶん、事故か何かで
彼女はあなたが殺されてしまったと思ったようだ。
別の時は、サダム・フセインがあなたを人質にとったと思ったみたい。
「あいつめ！」彼女は独裁者を罵った。
「心配しないで、義母さん」私は彼女を安心させた
「ふん、あたしの顔を見てごらん。心配してなんかいないんだから。」
「ふうん、全然心配していないのね。」
そしてあなたが家のドアから中へ歩いてくると、「ああ、あなた」と彼女は
涙を流して

手を伸ばして
抱き合ってキスをする。
このときとばかりに彼女はあなたの機嫌をとる。

あるときあなたはエリザベスと、私に関して話していた。
オフィスにいたあなたを呼び出して
食器がまだ流しにあると、
使ったティーバックがまだ流しの水切りにあると、
花に水をやっていないとぐだぐだと文句を言う。
「本当にずうずうしいったら」と私は言う。「義母(かあ)さんは厚かましいわ」
一体誰が彼女の髪をとかし、爪を切り、
あごにかかった髪をとっていると思っているの?
「俺がやっていけるようなことではない。
俺はいつもそこにはいないんだから・・・。わかるだろう。
それに母さんだって心からそう思っているわけじゃないんだし」
心からそう思っていない?
女が心から思っていないことなんて
計算ずくだってこと
遠い昔から決まっているじゃない。

「俺だって、母さんが何を考えているのかわかろうとしているんだよ。」

この老女と私は、私たちだけの時間をもっている。
エリザベスは死んでいく。
歯茎の上の唇で自身を吸いつくしながら。
でもいつかこんなときよりも良い日がくるだろう。
今だって、私は彼女が
右足を下におろして、朝食をとるとき、
それは素晴らしい朝の習慣とさえ
思っているくらいだから。
だって前よりもずっとうれしそうだから
私は彼女の足をさすり、ローヤルゼリーを与え、車いすにのせて
日の当たる場所へつれていく。
そして私は自分自身と愛に関して学ぶ。

年取った女たち

私たちの建物には年取った女たちがたくさんいる。
弱って、杖や歩行器を持って歩いている。
ときどき私たちは彼女たちに、
エレベーターや廊下で会う。
そしてあなたの母親にも――
たとえ認知症であっても。
それでもあなたの母親は彼女たちの前に出たがっている。
肩を後ろへやって
ちょっと背伸びして
フグのように体を膨らませて、
彼女たちの中を泳いでいくのだ。
まるで**クイーン・メアリー号**のように。
まわりはそんな彼女を一目見ようと彼らの頭をひょこひょこさせている。

はみ[*1]を噛むこと

私たちははみを噛む。
速足するために
第一コースのゲートで、熱狂する。
エリザベスと私は午前中、
ずっとジョッキーのようなポーズをしている。
ときどき、彼女は私を追い越していく
「メタムシル[*2]を混ぜて
トイレットペーパーを渡して、
マウスウォッシュをそそいでちょうだい。」
制御と洞察力。
彼女がそれを命ずることができる瞬間に
ときどき、前へでるのが私だったりする。
あたかも吹き付ける風にむかって前かがみになるように
たてがみが愚かしいように流れていく。

ここに二人の女がいるけれど
二人とも次第に子供っぽくなっていく。
いつも自分自身のために
こんなことをしているのだ。
どうやって私たちがお互いにとどめをさそうとしているのか。
どうやってお互いのことを暴露しようとしているのか。
お互いの目の前でアイスクリームを食べる方法。
どちらかがそれを欲しがったり、チョコレートパイの最後の一口を食べるときや
どうやって新聞をゆっくり読むのかとか。
赤ん坊のように「ナナナ　ブーブー」といったり
叫ばずにただ、
舌を出して、
からかうためにキャンディーを隠した手を感じる。
これが私たちのドライブの仕方。
首と首
肩と肩
首や体の長さによって前になったり
後ろの一団に落ちていったり
これがクオーターマイルを通過するやり方。

半分、マイル、
一日、一晩、一週間
でも重要なのは長いゴールまでの距離
そうでしょ。
長い介護の歩幅
その心臓の鼓動の長さ
勝者のための円陣と花輪。

＊1＝馬の口にかませ、その両端の環に手綱をつける馬勒の一部分。
＊2＝便秘薬のこと。

認知

いつの日か、エリザベスは私を忘れていく。
デイケアセンターで、彼女は老いて落ち込んだ雌のロバのようになだめすかされている。
フルタ石工の歩道の端に車を止めて
トレイラーの馬のように彼女はドアをしっかりと抱きしめ、その側面に立っている。
ドライブにいき、私は外を見て、
私たち両方にとってよい楽しみを決めて、
近所のショッピングセンターへ向かっていく。

アイスクリームを買ってあげる。でもエリザベスはまだ私が誰だかわかっていない。
私たちは車の中で座り、静かにそれを食べる。
私は彼女を傷つけないようにする。
私たちが住んでいる丘まで彼女は私に運転させる。
町を見下ろして。道すがら彼女は陸標に気づく。
ウィルダーの上にある墓地、

古い石壁
入口に建物の番号がマークされたもの。

彼女はそれがわかった喜びで馬がいななくように叫び、手を叩く。

「今どこにいるのかわかったのね。じゃ私誰だかわかる?」と私は尋ねた。

「もちろんわかるわよ、おバカさん」


でも――「どうどう、ビリー」と彼女は、私が車を仕切りに止めるとき、馬に言うようにそう言った。

彼女を建物へ連れていき、エレベーターで昇っていく。

彼女のほほえみは階を過ぎるごとに大きくなっていく。

五階、六階、と彼女は光ったボタンを見て子供のように叫んでいる。

九階、彼女は前へ進み、廊下にいる私たちをドアから見下ろしている。

そしてお尻をふりながら、歩くペースが速くなっていく
あたかも納屋へむかう老いた馬のように。

そうであるべきこと

朝ずっと、エリザベスは庭で花を切っている。

それを春の花束にして、私のテーブルに飾るという
かわいらしい考えがあるようだ。廊下をすすんでいく。

町にただよう帳(とばり)があって、それを私のテーブルに置くために。

ヴォグ*の高さは風がなくてもつかまえることができるよう。

そして塩の香り、錆びた鉄が私たちの喉を押し付けるとき、
そんなあつかましさが、彼女の目をいらいらさせる。

午後は短い昼寝—ひどい天気。今夜は虫の大襲撃になりそう—

彼女は起きた。暑さでまいって、焼け焦げたクリームみたいにぐったりしてしまっている。

私は鎧戸をじっと見つめる。庭の光の一撃をみる。

私の目はだまされているのかしら。

物事はあたかもそうであるべきことを知らないかのよう。

それが魚なのかユリの葉なのか、
花なのか蝶なのか、鳥なのか蜂なのか—

＊ヴォグ＝噴火の霧のこと

シャワー

病気のとき
エリザベスは私たちがこれをわざとやっていると思い込んでいた。
彼女の体を洗う。
彼女は私を責める。
日本人の義理の娘。
体をきれいにすることが盲目的崇拝（フェティッシュ）となってしまっている。
怒って、彼女は私たちが彼女を
苦しめるためにやっているんだと言った。
熱い針のようなしぶきのシャワー、
月の色のように青白い彼女の肌にそれを当てる。
私がその場にいたら、
彼女はもっとそれを嫌う。
むしろ彼女は息子にいてほしい。
それは最近彼女が恋人、夫、

そして父と思っている唯一の人なのだから。
記憶と秘密。
彼女は自分が喪失したものに泣きつく。
あたかも古びれた車にするように、私は彼女に石鹸をつける。
なんという反抗だろう。
そして私が彼女に耳を傾けるとき——
それは女があまりにも
自由に男に与えてしまった、
しかし他の女の目の前では
恥ずかしいと思っている肉体のことを思っている。
好きな男がそばにいるとき、
どうやって自分が甘えたのかを
今日は彼女は壁をどんどんと叩いた。
「あんたなんか大嫌い！　ぬれちゃったじゃない！」
安全バーにつかまって
子供のように、
あっちへいったりこっちへいったりする。
ゲートから出ていこうとしている。
私は彼女の背中を洗う。

私の石鹸の
泡でいっぱいの手の中で彼女はくるくると回る。
私の手の中で顔を緩めていく。
そして私をにらみつける。
彼女は舌を出す、
そしてその先のほうを噛んで、ギャーギャーと叫ぶ。
下あごを振って、腕を上下に振り回す。
そして、両手を下へ振り下ろして
足の間へいれる。
猿のように半座になって座り込む。
そして骨盤を前にする。
大昔の隆起した山のように
そしていかがわしい身振りで
自分の花弁を広げてみせる。
その老いさらばえた性器を—
それは少年がふざけて尻を見せたり、中指を立てたり、
股間を握ったり、舌を左右に揺らしたりするときのよう—
それは彼女が感じているけれどはっきりと表現できない下劣なこと。

知っていること

風呂のあと、どうしてもコーラが欲しくなる。のどが
あまりにも渇いているから。あなたはすまないと謝るけれど。

「忘れちまったよ」、とあなたは言う。「買ってくるのをさ。お前が好きなやつだったのに。

でも、あとで半ダースのクラッシックを買いにいくから。」

「ううん。私全然気にしていないわ。」私は罪悪感を押し付けるように言う。

雲がゆっくりとやってきて外では雨が降っている。月はない。

私たちの間の寝室のドアーを閉め、横になる。

でも低く、さっき言った言葉を聞き取る前に不機嫌になって横になる――

「子供(ガキ)っぽいな。更年期か?」これは悪口?

でも私は言い争ったりしない。あなたが私のことを思っているのは**わかっている**から。

あなた――。もう六年もたっている、あの結婚の絆を誓ったときからこんなにも長く。

でもまだ私はあなたのことで驚かされることがある。

以前、あなたがほの暗い部屋で、老いたあなたの母親を
我が子のようにやさしく風呂にいれているのをみたことがあったから。

叱責

ときどき、欲しいと思うものより、
あるいは他人が私に期待するよりも
大きいものがあるはずと思ってしまう。

乾燥したイチジクの皺のような
あなたの母親の口を拭うために、
私はあなたを待っている。

彼女の手—たくましく、丸まって、
湿った葉のようなその手はゆるぎない依存心をもって
あなたの腕にくっついていく。

私の夫は介護者になる。
やさしい支配力に押し付けられる

息子とその母親に

彼女はもはや鼻を拭くことさえできず、
足の爪を切ることや風呂にはいることができなくなっている。
だから私に言って——　次はどんな最悪なことが待ち受けているのかと——
死んでいくのか、あるいはそうではない他のことか。

この若さと老いとの物々交換で
私は手助けしようとしている。
自分では何もできないという、ギブアンドテイクに。

あなたは怒らない。だって彼女はあなたの母親だから。
でも私は義理の娘。それは
私が外部にいるにもかかわらず

彼女の言葉で不意打ちを受ける存在のようなもの——
あなたの母親は夕方になると、
太平洋を横切って吹いてくる風のようにうなりちらす。

彼女はゆっくりと部屋へ歩いていく。そして泣いて取り乱す。
慰めるために、あなたは彼女をやさしく撫でる。
その背中を、投げ飛ばされて壊れた時計のような彼女のその背中を――

ほとんどやってこない彼女の子供たち――
そんな彼女の人生をあなたは哀れむ。
私は隠れる。私たちの寝室へ。
五分間待って、期待に胸を寄せる。

でもあなたは来ない。
私があなたを探すために出てきたとき、
あなたの母親はあなたの方にだらりともたれかかっている。

まるでよれよれのシャツみたいに、
ほら、私をどんなにバカにしているか見て。
火の周りをうろつく動物みたいに彼女はこっちを見ているの。

私たちはぐるぐる回り、テリトリーを決め
ソファや椅子、そしてカーテンについた自分たちのにおいを洗い落とす。

医者は、彼女は
そんなことはできないと強く言う。
でももし、もしかしたら・・・もしかしたら

忘れていく物事の最後のいくつかが
女としての策略になっていくとしたら—
あなたたちはまるで、

恋人たちのようにイライラしていきり立っている。
私は母親のようにグアバの鞭とその叱責する口調で
そんなあなたたちを追いかけている。

優雅

友人のルシーダ・キングはあなたの父親をいままであった中で
最も優雅な男といった。あなたはただ
エレガントなだけ、と私はからかう。「そう思わせるのは
自分がそう思ってほしいと強く感じているから」なのだと。それに対しあなたは
火のように反抗する。食べているトーストが、笑って喉に詰まる。
「エレガントだったかもしれないが、でも、そうならまずサビー・ロウ*のツイードの服を
着なくちゃいけないな」とあなたは言う。「そう言っているお前は
何も恐れていないようだな、俺のエレガントなジュリエット」
え？ **エレガント**な？（誰もそんな風に私を呼んだことなんかないわ）
もし映画の俳優なら、ここで私たちはお互いの服をはぎ取って、
点々と床に落としているところ・・・。
今はだめだ、とあなたの目はそう言っている。
「おい、落ちつけ」あなたはシー！　と言う。
「母さんがまだ起きていて、俺たちがキスしているのをみているからさ。」

＊サビー・ロウ＝イギリス・ロンドン中心部のメイフェアにある通り。オーダーメイドの名門高級紳士服店が集中していることで有名。

朝

真夜中、エリザベスがまた起きている。朝だと思っているらしい。
まちがって新聞をとりに行くためにドアを開けたり閉めたりしないよう、
乾燥機のタンブラーをロックする。遠くで時計が鳴る。
あなたはベットからのそのそ出てきて、彼女を部屋へもどすため、
体の向きを変えるけど、そこには湿ったガウンがあるのを見つけるだけだった。
おむつを替えて、光が鈍い暗闇へふっと消えていく。
忍耐力を鋼のようにして、その頬にキスをする。
「母さん　愛している」あなたがそう言うのを聞く。
ベッドにもどる。「まるで俺はヨブのようだ」とあなたは言って、ぶるっと震える。
「自分のヤギと羊とロバがすべて殺されてしまったと言われるのを
俺は半分期待しているようなものだ。」

緊急連絡掲示板の失踪者

すべてのパトカーに告ぐ。高齢の白人女性が、プロスペクトとマガジン通りの付近で
目撃されてから失踪し、現在捜索中の模様。赤と白とブルーのブラウスを着用し、
白い運動靴、多色のジャケット着用。八十五歳。眼鏡をつけている。
前にかがんで歩行する癖あり。空を飛べると思っている。背丈は五フィート。
グレーの髪で、エリザベス、あるいはベッツ、ママという名前に反応する。
「おい」や「お前」と叫ぶとこっちをふりかえることもある。
集団の中にいるときは、輪になって歩くことがある。その場合集団は、
おそらく空を見て歩いていることになるだろう。
木の葉、鳥、犬に向かって話かける。
見つけたら、親身になって対応するように。そうでないと叫んだり、
取り乱すことがあるから。
そうでないと自分は死んでしまったか天国へ行ってしまったのだと思うから。
あるいは「パパ」と呼んで、顔を手で覆いキスをしたりするかもしれない。
もし見かけた場合は呼び留め、息子に知らせるよう。

あるいはセントラル、またはゴッドに知らせるように。
KRO　243　失踪者　全地域緊急連絡掲示板　午後二時四五分。

独りよがりになって

彼らはいつもあなたに忠告を与える
帽子を落としたときに即座にするように。
忠告をする多くの人々。
彼らはあなたに髪の整え方さえ教える。
二つの恐れていること。
十代の子供を何とか扱うこと。
蚤、空気口の鳥やアザミウマを取り除くこと。
いまやそれはあなたの母親のためにどのように介護するかという提言にさえなっている。
彼らは専門家だ。
なぜっていつも彼女のように、
同じような状況の人間を
知っているから。
家を燃してしまいそうになったり、
外へ歩いて行ってしまってハイウェイでさまよっているのをみつけたり、

万引きや公然猥褻罪でつかまったりするから。
だから
「ドアの近くに黒い布を置いておいたら」とか
「ほうきを逆さにしたら」とか
「暗闇で口笛を絶対ふいてはいけない」とか
「家に開いたままの傘を絶対おいちゃいけない」とか言っている。
こんなことはこれからずっと永遠に続いていく。
そしてもう、こんなことで頭がいっぱいになっていく。
その日の終わり、
私たちは、夏の芝生におく椅子やテーブルみたいに
折り重なって疲れ切っている。
彼女がおとしたメロンの種が、
べたべたと床に落ちているのが見えた。
アイスティーのグラスが乾いて、しまってある。
彼女はやっとベッドに行ってくれる。
独りよがりに感じているやさしさやその理由を伴って
私たちは、シーツを首筋のところまで
ぎゅっと引っ張って行って
背後に後光のようになっている夜の光に照らされる。

物事は、することより言うことのほうがたやすいのを私たちは知っている。
彼女を眠らせるために
今夜は、バリウムで彼女のアイスを覆っている。

母親のために介護すること

母親と一緒にLawrence Welk[*1]やMr. Rogers[*2]をテレビで見なくてはならないときより、
　息子の愛が偉大であることはない。
彼女がホットドッグをたべてブラウスの前にこぼしたマスタードを見ないふりをし、
　もはや自分の膣が何なのかわかっていないので、
　　そこを拭ってやらなくてはならなかったり、
いつもの体調にするためにメタムシルの
　便秘薬いりオレンジジュースをもってこなくてはいけないとか。
真夜中に彼女のおむつを替えてあげるとか。
歯にフロスをかけたり、磨いたりするとか。
歯磨き粉を飲み込んでしまうとまずいのでフロスや歯磨きをしないとか。
変なにおいがすると粗相したにちがいないと誰かにいわれるのがはずかしいと思うとか。
相手に彼女の息がくさいと説明するなんて、**彼女の**目の前では決してしないとか。
喉の奥に薬を置いて飲み込みやすくさせるとか。
　シャワーキャップをつけて、**彼女が**指示する方向へ巻き毛を入れるとか。

彼女が排尿しおわるまで待っていて、仕事に行くのが遅くなってしまったりとか。

一時的なケアーに連れていっても、彼女がそこにいたくなく、結果的に連れかえるとか。

とても待ちわびていた休みの日を、完全に忘れてしまっていたりとか。

自身をなぐさめるために、良い本を買うとか。

彼女の食事のあとにきれいにするとか。

彼女が理解してくれないといって怒ってはいけないとか。

皺が変なにおいがしてもキスしてあげるとか。

記憶を呼び戻すために昔の歌などを歌ってあげるとか。

父親―彼女の夫のこと―や彼女の両親、飼っていた猫のことを思いおこさせるとか。

自分が何歳か、名前、誕生日、子供、
その子の名前、その妻の名前、孫の名前など
若かった頃の彼女を思い起こすために、過去に目を向けさせるとか。

今の彼女ではなく昔の自分自身を思い起こさせるとか。

エアポートの回転ドアーで、年取った馬のように動かされるにちがいないと
彼女が癇癪を起しているときとか。

彼女が心の中のある部分を喪失してまっているからといって
今感じている自分自身の悲しみを絶対に見せないとか。

ビデオをつけて Hermione Gingold[*3]、フレッド・アステア のミュージカルや
Cyd Charrise[*4]、あるいはアニメーションや *The Little Rascals*[*5] を見たりとか。

動くものが彼女の注意を引くとか、
汚れたパジャマを午前二時に洗ったり
彼女がヘアードレッサーの前で服を脱いだときに、もう一度着せなおすとか。
だれかが一緒にいないと外出できないのがなぜなのかわからず泣き出し、
でも泣き止んだときに背中を撫でてあげるとか。
彼女が動かない方の足でベッドに座っている間、自分が床にひざまずくとか。
ピンクハウスのスリッパをはかせるとか。
彼女が寝られないとき、昼と夜が逆さになって
午前三時にロバート・フロストを読んでほしいと言ったりするとか。
指で食べるのに、手にフォークをもっていたりとか。
曲がりくねったリップのラインを口にして、うまくいったと言っているときとか。
おめかしして、鼻をかんで、鏡の前の少女のように髪をおろし、
何かみえたかどうかと不思議がっているのを見て、
もう自分は介護することはできないと決心したことを彼女が不思議がったりしているときとか。

＊1＝一九五一年から八二年まで放映されたLawrence Welkショーのこと。
＊2＝一九六〇年代Fred Rogersを司会にしたテレビ番組。
＊3＝一九二〇年から三〇年に有名になったイギリス女優。
＊4＝一九五〇年代にフレッド・アステアと共に有名になったアメリカ女優・ダンサー。
＊5＝一九二二年から四四年まで放映されたアニメーション。Our Gangという名前で知られる。

Pinchas Zukerman[*1]の指揮するJupiter Symphony[*2]の後で

それは戦いの前日《イブ》であった。
家で、
私はあなたの母親とホットチョコレートを飲んでいた。
母親はピンクのスリッパをはいて
床から高く足を上げている。
羽を閉じて椅子の下に隠れている鳥のように
彼女の体はしなびている。
腕や足や顔、喉、顎から
空気がすべて出て行ってしまったみたいに。
でも今夜は頭ははっきりしている。

老未亡人、メトシェラみたいに年を取って——
メトシェラは年を取るにつれ柔和になっていくけれど
彼女はテレビの番組が好きじゃないらしい。

「メソポタミアへ土地を返せ」

と彼女は言う。

「シュメールに土地を返してやっておくれ、アダック。

いやいっそのこと、それは神へ返すべきなのだ。」と言う。

＊1＝一九四八年イスラエル生まれのヴァイオリン・ヴィオラ奏者、指揮者。
＊2＝交響曲第41番ハ長調 K551。モーツァルトが作曲した最後の交響曲。

最後のコンサート

最近では、私たちは年取った義母の
テーマやタイプに合わせて手や足をたたくことにしている
あなたの母親は　認知症に侵されている。
正気と狂気を行ったり来たり。
それは変則的で、鳥のソルフェージュのようだ―

朝、あなたは母親と
シャワーをあびるために水着を着る。
彼女の体から出てくる耳障りな音を洗い流すように
風呂の手すりに彼女の手を置かせて、手伝う。

私たちはこれを一緒にやる。
そう昔でもないときに、家で介護をするという
良心的決断をしたのだから

少なくともやってみるだけやってみようと言って――
同じような決意をする夫婦のように。

家に、子供やペットやピアノのような楽器があるか
私たちは日々が異なった曲をもってくることがわかっている。
不協和音や驚異的な曲を。
間違ってボタンをつけたブラウス、ねじ曲がってつけた口紅、
ピエロみたいに赤くなった顔。

でも彼女は本当にいい母親だった。
だれも傷つけるような人ではなかった。
何年もあなたの病気の父、
彼女の両親、子供、家に連れ帰った捨てられた動物の
面倒さえ見ていたのだから。
でもこれが彼女の最後のコンサート。
スタンディング・オベーションのない。
そしてアンコールさえもない。

水の使者

あなたは腕の柔らかいところで
あなたの母親の頭を揺らす。
彼女をゆっくりと低く水にひたす。
透明で温かい羊膜のような水。
彼女は起き上がり
そして腕を落とす。
手をオールのようにして
水をしたたらせる。
湯が風呂の陶器の冷たい側面と
彼女の体を包む。

女、あなたの子供、
水の使者。
あなたは心を落ち着かせるような

供物を彼女へもってきた。
良い息子という尊い供物を。
軟膏、石鹸一つ。
塩とオイル、軟膏の薬草。
布でそれを水につける。
彼女の額を拭く、
あたかも洗礼式のように、聖油で清めるように。

体のほかの部分を
洗うまえに
彼女はあなたの顔を手で撫でる。
もっとも敏感な箇所を
洗っているときでさえ
彼女は手をそこから離すことをしない。
あなたのために諦めた体。
この部屋で断念したプライバシー。
それは暖かく　そのままで
水のやさしい音の上にある。

彼女が出すクークーという承諾の声。
最近では何日ぐらい？
あなたが彼女を見つめる時が、
あなたのもっとも悲しくなる時。
あなたが悲しんでいるこの母親は
あなたなしで死んでいく。
かつては若かったのに
旅行用の箪笥の写真にあったように。
波の裏側を通る風のレースのような
スプレーに隠れて

あなたの父親と一緒にすごした浜辺の日。
あなた——いまとなっては彼女が唯一知っている人。
水の向こう側へ彼女を渡す人。

寝るとき

あなたは母親を
眠っているベッドの端にすわらせる。
あなたはやさしく、彼女を
横にさせる。
彼女はどうやってそうするのかわかっていない。
同じように朝どうやってベッドから
起きるかわかっていない。
「よくやったね、エリザベス。」
「ありがとう。パパ。」と彼女は答える。
足はベッドのそばにぶらぶらさせたまま。
あなたはその死の重みのする足を上にもちあげる。
それは死骸のように重い
そしてそれをシーツのカバーの下へスライドさせる。
彼女の眼鏡をとり

あなたは彼女がお祈りをするときに
助けが必要かと聞く。
「今眠りにつき
私は魂が保たれることを神に祈ります。
神がアメリカを祝福しますよう。
神がエリザベスを祝福しますよう。」
これがおぼえているすべて。これが眠りにつくときに彼女の言うすべて。
あなたは彼女の腕から白いうさぎをとる。
そして枕の下にそれを置く。
「おやすみなさい。母さん」
かがんでキスをして、
彼女の黒い味のする口から離れる。
母親がいなくなるのが寂しくなるにちがいない。
あなたの前で横になっているこの女のことではなく――
その息が原始的で、
動物のようだったり、植物のようだったりする
私たちの間に入ってきている
この女のことではなく――
後であなたがずっしりと椅子になだれ落ちるように座り込んだと聞いた。

あなたの魂は沈み込み
花の茎を切るために
暗い花畑へ歩きさまよう。
あなたがこの贅沢な考えを
自分に与えずに
悲しみが一晩で過ぎることはない
ということを私は知っている。
それは彼女と私たちのためにも、
彼女が明日眼が覚める前に死んでいくということ。

エリザベスの祈り

私たちの父よ、
クリーブランドにいる父よ
その名において清められんことを
あなたの御国が来ることを
あなたが木曜日に
天国に召されんことを
この日を日々の
パンとともに
与えられんことを
そして私たちの罪が許されんことを——**イエス**。
私たちに対して罪を行うものを許すことを——**イエス**。
誘惑に引き込まれないことを
しかしマメゾウムシから私たちを離さんことを
なぜならあなたは聖餐式の客であり

力であり
栄光であり
永遠でありつづけるからである。
これは一つの予兆である。
オーメン。

心の家にある光

家にあるそれぞれの部屋の光は燃えている。
シベリウスの音楽は素晴らしい陶器の**割れ目**とともに
浮き上がってくる。
そして銀の食器、本だらけの家のオーストリア製のクリスタルの高いリング、
カモ切手*のコレクション、
彼女の鍵あみのレースと旅行での記念となるもの。
子供たちがやってきた。芝生を横切って
レディーフィンガーのバナナのような指の形の影になって光の中で遊んでいる。
恋人たちは木陰で戯れ、
祖父母たちはポーチにある
ブランコで揺れている。
彼女は恥ずかしがらずに
歌っていた。人生は彼女にとって良いものであった。年を取った者から初めにいなくなる。
彼女の両親、彼の両親、そして子供たち—

自分の人生に呼ばれていく。友人、町の人々、そして妻たちに——
そして誰かが次第に彼女の家の明かりを
すべて消していくように、
ひとつひとつ
最後のひとつがかすかに燃えているまで
家は静かに、暗く、動かなくなっていく。

＊カモ切手＝一九三四年米国連邦政府発行の切手。

PART 2

ツナミの年

PART 2

Tsunami Years

命を救ってくれたドットおばさんに捧ぐ

名前

それはまさに来客が杯を持ち上げて
「万歳」と叫んだ直後だった。
戦争の前の年
結婚式の宴が
歓談とウィスキーのレフィルが
回っていた頃合い。
どうやって父親に会ったのかという
なれそめをあなたは話している。
半分酔っぱらった男たちが
勇敢に仏教の寺の下にある
ホールの舞台を
飛び跳ね
猥褻な歌を歌い、
女たちの顔を赤らめたと

あなたは言う。
目を閉じて、あなたは
どうやって男たちが腿を叩き、
体を揺らし
怒れる拳のようなビートで
頭を振ったかを語る。

父は歌っている男たちを見ている間中
あなたに気づいていた。
今あなたが頭を横へ振って、
かわいらしく手を叩くのを
私が見ているのと同じやり方で。
音楽が奏でられると、
父はあなたに酒を飲ませ、
あなたとの人生へと導く。
あなたは部屋へ
ゆっくり目を動かす。
あなたの人生を変えるほど
荒々しく彼が手を動かしたときに

あなたは彼が柱の一つに
何食わぬ顔で
よっかかっているのをみる。
あなたは彼の飲み物を見て、
乾杯するために杯を持ち上げる。
頭をちょっとかしげて、酒をちょっと飲む。

あなたはカリフォルニアから帰ってきたばかり
リンゴを五年もの間
シゲルおじさんのところでとっていた。
バスケットを、その上を向いた尻に下げて
冬の間中、あなたは
裕福な白人の一家のところで働いていたのだ。
バターを溶かした米を食べ、
クリームと砂糖の
甘すぎる体臭のするあの白人の家族のところで——
あなたは雨が恋しくなったと言う。
ハマクアの岩さえ砕く雨の波動、
水の貝殻をきれいな霧に砕いていく雨を

「どうやってあなたのおばあちゃんが
私を家に帰したのか誰も知らない。
でも私は恋をしたことがあるの。
あなたのおばあちゃんがコトンク*だと言いはった男と。
男はみんなをバカにしていた。そして医者になった。
彼は私に英語の名前さえつけた。
ネリー、**ネリー**。そうやって私を呼んだ。
あなたの父さんさえ私をそう呼んだくらい。

そして彼の名前は
カリフォルニアによくあるやつ

ジャック。そう彼の名前は**ジャック**。」

---

*コトンク=アメリカ本土にやってきた日本人移民のこと。ハワイに来た集団よりも頭が悪く、軽い(頭を叩くとそのような音が聞こえることから)と見做されていた。

アツコが結婚する日

今日、私は花嫁になる。
今日、私はずっと前にした
約束をあきらめる。
愛のために結婚することを――
男のために片付けなど決してしないことを――
決してその背中を風呂場でこすってやったりしないことを――
花嫁の用意をする女が
眉や顔を剃りにやってくる。
私をもっと美しくするために
男が喜ぶような首の曲線の、
その滑らかなうなじにパウダーをつける。
米の粉のようなタルクが
私の首のラインのくぼんだところにシャワーのように降り注ぐ。
私の唇は赤い花のような輝きを帯びてくる。

振り子のように揺れる髪は
朝の時間すべてを使って古(いにしえ)の儀式のために、
広く黒い扇のように櫛入れしたものだ。
湿って温かい風が
家の割れ目から吹いてきて
鳥が乾いた土の庭で
地面に足をこすりつけて歩いている。
自分たちの鼻先から
タンスの上から
食糧庫から
誰も埃を取ろうとなどしない。

私はモン[*1]の上着と黒い着物を着ている
夫となる人は、借りてきた黒いスーツを着ている。
一緒に、プランテーションの町にある、
小径を行ったところの小さな
緑の寺の外にあるたらいで手を洗う——
自分たちの生き方が、
人生の正面玄関を通って

安全な道であるようにと祈って—
祭壇の前で
祈るために手を叩く。
私たちは邪悪なものをすべて高く掲げる。
そしてそれを空中に高く掲げる。
島から見る海のように
私たちは限りなく広がっていく人生のために神をたたえる。
私たちは畑でできた真珠のような米粒を、
山から松の木を、
そして海からイカの収穫をたたえる。
恵と幸せのために
僧は、私たちが頭をたれている頭上に
紙でできた職杖を振る。

私たちは峡谷の先にある
夫の親友の家で
小さなパーティをする。
そこはバナナの木でかくれたところ。
ウォータートラップの柱に蚊が巣を作っているところ。

深紅と黄色へと
夕刻の道は変化する。
まるで私が以前に染め変えた着物の色のように――
これは私が申し出たこと
来客がいる前で
私がぎっしりとつまった泥の床の上を
どれほどうまく歩くのか
どんなにうまく熱した酒を注ぐのか
自分のとるにたりない持参金をどうやって吊り上げるかを。

私たちは私の両親のプランテーションの家で
ハネムーンを過ごす。
部屋にはカーテンもなく、
天井もない。私たちの服は釘のところにぶら下がっている。
初めてのときは音のない愛だった。
彼は私の方へ静かに、
海のように動いてきて
私の髪でできた祭壇を
ほどいて下へおとした。

海藻のように広がった長い髪の束。
部屋の隅が
眠りへ沈み、
漂う咳払い、子供の泣き声、
犬の断続的な叫び声の水位線の下になる。
私たちは眠ることができない。
裸の肉体は約束したように起きていて
風の流れの急な場所で動き、
家の壁に当たって飛び散る背の高いサトウキビの
上をいく光の中で浮かび上がる。
腕枕から聞こえるのは
理由のない悲しみに泣いたりするような
死や悲しい話などではなかった。
私の息子たちがみんな死んでしまった
あのときの絶望のようなものなどではない。
外にはオマオ[*2]が影でかすかに動いている
影が若いあなたの顔の輝きに触れる。

＊1＝モン族。東南アジアに住む民族のこと。
＊2＝ハワイの言葉で鳥を意味する。

どこかへ行くこと

彼は人生とはどこかへ行くことであると感じている。
シンマチで彼は小さな家を買った。
餌の周りを回っている魚のように時を待って
そして古いワイケアの時計の
リズムに合わせて
日本人が買うことを禁じられていた
家をいつか買うことが
できると夢見て。
だから、海の近くで
時を記す小さな報告書に、
昔の満足が少し増えて
彼の妻の肌の色は
しだいに黒くなっていく。
彼女の足首の周りで砂が渦を巻く。

そして彼女は自分の食べ物に満足する。

「これは潮の味のする空気よ」

ドレスを膨らませ、彼女はそう言う。

すぐに子供が生まれ
そしてまたもう一人できる。

私たちは彼の周りを囲む。
捕まえてきたものを持ってくるときはいつでもそう。
一方の腕を彼女においてー
その彼のがっちりとした妻に、
もう一方を捕まえた魚に触ろうとする
私たちをあおるようにして。
幼い娘たちが
ツルアシのように彼女にくっついている。
手を叩き、「オー」といったりする。
彼の気晴らしや運の良さに驚いて。

彼はバケツ一杯の
ナマコ、タコそして貝を家にもってくる。

それは家族にやるためだ。
まだ戦争が続いている。
彼は食べ物を
闇市のために
そしてガソリンやタイヤの配給のために保存しておく。
「父親の役割を果たすためなんだ。
頭のよくなる食べ物を子供にやらんと」
と笑って
頭を反らせて言う。
金歯が見える。
それは月夜の魚のように
並んでいる。

マウカからの男の子

（一九四六年のツナミでなくなったラウパホエホエの二十一人の学生と先生たちに捧ぐ）

あなたは引いていく海をみるために
外へ走った。
あけっぴろげで、むき出しの
『五人の中国の兄弟』の
お話が本当になったかのように。
先生があなたたちに読んで聞かせた
あの話のように――。
どこかで
海の向こう側で
中国の兄弟の一番上が
海の水をすべて飲んでしまったというあの話を――。
そしてここ、この半島では

どんなにすべてが光輝いているかと。
ヒトデ、黒ウニ、ピンクのアネモネ
ズボンを上にぐっとあげて
シャツをその中にいれて
あなたは浅瀬へと歩いていく。
そして赤く、金と銀のセイヨウシミを採る。
パピオ[*1]、ウェケ[*2]、アウェオウェオ[*3]
よい子が家に持って帰るのはいい魚、

それは夕食用の魚。
「見て、見てよ」
あなたはみんなにそう叫ぶ
自分が捕まえたものを指さしながら。
突然の轟音、
おとぎ話の中では
兄弟の一番上が
水を体内に入れておくことができないで
外へ全部出してしまったという。
私たちの世界の方へ──

もしこれが私だったなら、竹馬を足につけて、
三番目の兄弟のように
あなたを海からひきあげてあげるのに。
あなたは驚いて、波から顔を出している。
でもあなたのやれることと言ったら
大きく口を開けて、
頭上で巨大に弧を描いている方向を向くだけ。

＊1＝ハワイ全島で見られる食用の魚。体に黄色いラインがあり、成長するとウルアと呼ばれる。
＊2＝幼魚のときはハワイ全島の海岸の砂浜で過ごし、大きくなるにつれて外海に出ていくヒメジ科の食用の魚。
＊3＝正式名称をハワイアン・ビジェエ（Hawaiian Bigeye）というマダイの一種。日中は海中の洞穴におり、夜になると餌をとりに活動する夜行性の赤色の魚。

渦

海水が
口のところまでやってくる。
唇と鼻を、小さく調和のとれた
トレモロのように叩く。
地球があなたの上を通過していく
今や海水は洗い流したり、
引いたりなどしない。
あなたの頭以外の
海面下のすべてを——
海面下では、
あなたの体は花の茎のように下に伸びている。
それは浮標を持った人を支える鎖の長さのよう——
足は瓦礫の中に絡まり
体は錨のようにしっかりとあなたをとらえる。

動くことなどできない。

あなたが背負っていた子供はどこかへ行ってしまった。
その子の上着の赤い切れ端
これはあなたが拳でつかんだ
唯一残ったもの——
それを口へ持っていく
自分を救うために、
子を食べる動物がするように——
傍に破れたハンドバッグがある。
折れた腕のように垂れている
そしてあなたの周りのどこかでは
何百もの銀のコインが
そっとくるくる回って
軽やかに下へ
落ちていく
それは踊り狂う慈善家の金のよう。

すぐに海水は引いて

旋回する輪をつくる。
死体、家屋、木々、動物の死骸が
ひょいと浮いてきてはひっくり返り
入り江の出口付近で、回っている。
あなたはつなぎ留められて、
その軌道にあるすべてが中へ落ちていくのを
じっと見ているだけ。

トリの話

海水が木々のてっぺんぐらいまで高くなった。
私は年老いた女。
何年も使って緩くなったほつれたロープ、
緩い、朝の着物を体に巻き付けて
足の先を古(いにしえ)の国からもってきたようなふらつく木の重りにつける。
その悪くなった足を—
それはまるで流木のように膨らんでいる。
波がごうごうとなったとき、
嫁が私を救おうとした。
でも波が私の骨ばった腕から、その鳥のようにつかむ手を引きはがす。
私は彼女と子供たちを振りはらう。
「もう行って！」　私は轟音の上から叫ぶ。
「若いんだから、あんたたちは助かってちょうだい。」

第一波は家を粉々に砕いた。
風が私を引き上げた。
それは庭にいる鳥に風がするようだった。
それは私の周り、隣家の家、狭い通路、壁、
そして人々の叫び声の上を旋回していった。
海の方へひっぱられていき
私は岸の海藻の芒（のぎ）をつかむ。
体や髪が
海藻のように海のほうへひっぱられる。
若い男が陸から泳いできて
木の枝に私をつなぎとめる。
年老いた鳥のようにひょいと私を木の枝に乗せる。
情け容赦なくまた波が私たちをたたきのめす。
一番下の息子ぐらいの男の子が
波に打ち上げられている。
帽子、サトウキビの飾り房、ウォーターシュートの木切れのよう。
その子は水を含んだ靴のように海水に沈んでいく。
私は腕をほどいて
曲がりくねったロープを

彼の伸びた手の方へ投げやった。
木立の間で、
死体や泡がごみくずのように私を過ぎていく。

夕方に息子が私を見つける。
私はまだ木にしがみついていた。
座って、すっ裸になって——。
波の力で服がすべて取り去られてしまったから。
そして息子が断固とした決意で見ようとさえしなかった
かつてないほどのなさけない姿を私はさらすことになる。
私の乳房、
下に垂れて、平らで青ずんでいる。
乳首は石のように紫色に黒ずんでいる。
まるで風が吹いた後の
廃墟の壊れた鎧戸のよう。

ジョリとアイスマン

私はそこにいて、
人々が海から
死体を運んでいるのをみている。
多くのブッダの像ように
長くなっていく列、
ドドの葬儀社の前に—
葬らねばならない死体が多すぎる。
アイスマンが私の肩を叩いて
立ち去っていく。
彼は私にトラックを見ていてくれと叫び、
死体のところへ戻るためにタクシーを拾う。
軍の余剰品、簡易ベッド、
そして折り畳み式ベッドに手を伸ばして—

彼はゴムの腰までくる長靴、
黒いエプロンのズボン、革の手袋でバシャバシャ歩き
タバコの煙を花のように吹きだしてみせる。
その凍てついた顔の前で、
あたかも死臭を殺すかのように
彼は誰にでも命令を出す。
氷のブロックの
大理石の色のビーフの厚切りのように
彼は死体を上にはね上げる。
私はそれらをトラックの台の奥に
すべらせるようにと言われる。
町の氷室に
貯蔵される死体。

彼は角笛を叩く
彼は朝私のところへやってくる。
そして氷室へつれていく。
アーチ型のドアー
誰かが花束をおいたらしい。

文句をいいながらドアーをさっと開けるとき
花束が揺れた。
夜じゅう、死体はみんな一緒になって凍っている。
私はブロックを巡回する。
彼が横に投げておいた花をその体の上に置く
その氷のような目と顔を覗き込みながら
私は彼が手渡したアイスピックをとる。
それでアイスを割ると
ときどき死体の腕や顔を
刺してしまう。

磯巾着

地平線で太陽が輝いたずっと後で
ブンエモンが防水布を、
乾燥させたラウハラの上にある毛布のように
引っ張って、
鶏小屋の鳴いている鶏を閉じ込めるように、
さざ波で緩くなった
ワイヤーをチェックして旋回する。
鶏をとろうとするマングースのように
背の高いサトウキビの中へ消えていく。
シゲが太陽でカラカラになった洗濯物を集める
風はスピードをもって
大陸で温かくなった大気を冷やし
家の緩くなった食卓の台をがたがたと揺らす。
夜の雲がぼんやり現われる背後で

星がスーッと動き、そのかなり後で
満腹した、魚の目をしたヤモリが
機嫌の悪い母親のように**ツックツック**と鳴いている。
私たちの足音を聞いて
液体のようにネズミの集団が狭い割れ目へ流れていく。
台所の方へ近づいていたのだ。
そこは犬がテーブルの下から
食べ物を狙っていて、祖父母と一緒に
私たちが集まるところ。
そこは緑茶を飲み、炒ったクリを割って、
焼いたサツマイモを食べて話す、
長いベンチがあるところ。

沸騰した薬缶の下で
かすかに光る青い灯油の光
古いフィラメントの電球、
部屋の真ん中につるされている。
オレンジの光が漂っている。
その温かい光で私たちの顔を照らす。

その眠い頭を母親の肩においで
彼女の着物の袖を引っ張りながら
祖母は手で握った陶器のカップに茶を注ぐ。
私たちの目は薄暗い光の中で大きくなる。
そしてカップが開いた唇に運ばれるとき、
茶の湯気で再び狭くなる。
母は突然、この青とオレンジの空気の中でこう言う。
「うちは運がいいわ。そうでしょお父さん。」
父は頭でうなずくが、
その姿はあたかも磯巾着のようにみえた。
彼は青い湯飲みの上で、
巨大な海を横切るかのように
長い息を吐く。

サンゴ礁のかけら

私たちの痕跡はない
そこに住んでいたという私たち家族の
赤い家の形跡などない。
白いカーテンがあって
子供たちの高い声のするような――
海の風が出たり入ったりするような――
父は体裁を繕うために、
漁へ行く日にハワイを
釣ってきたとからかった。
ビギン・ザ・ビギンの鼻歌を
台所の流しの方に向かって母は唄う。
車庫の黒いセダンには
そのトランクに老女の束髪のようなスペアタイヤが入っている。

玄関のある家など
無くなってしまった。
白いサンゴ礁のかけらの歩道があって
それはラッグラック*のように
体を丸めた猫のいる階段へとつながる。
猫を踏まないよう
出口へ行くために
飛び越していかなくてはならない。
震災の後、私たちはここへやってきた。
私たちの生活の痕跡をさがして
私は歩き回り、ものを拾い、そして落とす。
粉々になったガラス、頭のない人形
欠けたティーポット。

ぐにゃりと潰された車の方へ走っていく。
もう私たちのものではない。私は腕を顔にあてて泣く。
ボンネットの前を急いで横切ったけど
まだ父を見つけることができない。
またいなくなってしまったのだ。

波の方へ?
たった一本だけ立っている木に父が寄っかかっているのをみる。
根こそぎ引き抜かれてもまだ生きていたやつに——
父は歩いてきて私の肩へ手をやる
私は泣きたくなる。

私は父の目をみない
かわりに絆創膏をつけた自分の足をみる。
姉さんの大きすぎる靴で、その傷つきやすい足のほうで
サンゴ礁のかけらを蹴り飛ばす。
草や塩を吹き飛ばす。
そしてそのかけらを借り物の洋服のポケットにいれる。
飛び散った人生の星を取っておくために。

---

*ラッグラック=ぼろきれを織り交ぜだ敷物のこと。

水の跡

母の目は遠くをみつめたまま
カメラの方をみない
目は澄んでいて、口は緩んでいる。
そして新しいレーヨンの
白い花柄のドレスを着ている。
マグノリアのように大きい花
髪は波のように上に撫で上げてある
これは海ですべてを
失う一か月前のこと。

娘に自慢するために、とった写真を母は
みてほしかった
ベンチにすわって
姉はさっぱりとしたボーイッシュな髪をしてうれしそうだ。

私は母の膝でバランスをとっている。
母の足は足首のところで交差し、
装飾のある白い靴は
海に浮いた白い帽子のよう
姉と私は自分たちの手におもちゃの飛行機を載せる。
何年もあとに母が言ったこと—
カメラマンは
飛んだり跳ねたりしたけど
私たちを笑わせることはできなかったと。

母はこの写真を
海水の中でみつけた。
これは唯一残ったもの
家の土台の近くで—
唯一の悲劇の印は
端に残った水の跡。
母の顔の横に
ひろがった跡
フィルムが

火で焼けたようになっている。

行商人

祈る手の形のような山が、
背後にそびえる村。

彼女は家から家へ行ったりきたりする。
つばの広い帽子と藁のスリッパを履いて
フルーツや野菜を売る。
玉ねぎやタンジェリン
そしてバナナの房の下に
聖書を押し込んで
どれほど果物が甘いかと
叫んだ後、
説教を始める。
母なる異教徒が
仏陀を崇拝するようにと叫ぶ。

「新しい国には、新しい宗教が必要だ」と彼女は
自分のつくった
塩の味のする鳥を手で撫でている母と私たちに言っている。
体重を一つの足から
もう一方へ移しながら
ビーチから吹く
黒い砂の砂利で彼女は砂だらけになっている。
母は慇懃無礼に
違った方向を見ている。

ツナミの災害で
この野菜の行商人の旦那は
まずその足、そしてその胴体が棒のように
泥のなかに突っ立っていた状態で見つかった。
娘のほうは、まだ離乳したばかりなのに
木にひっかかっていた。
村人は果物をとるように、
その子を木からとりあげたという。

人々の中には—と母は言う。
ツナミの日にキリストを見たのもいる。
そして同時にそれから離れていった人もいるのだと。

迷い鳥

午前中すべてつかって
母は釣り糸につけるリードを
用意している。
魚が餌を食べると、
腹に引っかかるやつ
彼女は狂ったように動いている。
ほうきで掃いて、モップがけして、ゴミをかたづける。
雑誌を積み重ねる。
端と端を合わせて
皿をサイズに合わせて積み重ねる。
枕を膨らませて、ぼろきれを振り落とす。
急いでとる昼食
それは彼女のかたづけで終わる。
午後の昼寝のために

私を部屋へ引っ張っていく。
ベッドから落ちないように
壁をつくる。
私の周りに防波堤の布団を
積み重ねてつくりながら
海から引き上げられた本やおもちゃを並べる。
その頃には母は大きくため息をつく
ベッドで私の傍にごろりと寝転ぶ
そして泣き始める。
かぎりなく広がっていく沈黙の中で私たちはまどろむ。
私はよっかかって
彼女の涙でいっぱいの顔に頬をつける。
「大丈夫だよ、ママ」と私は言う。私は彼女の顔を
温かい空気でなでながら
午後の静寂を重ねるその中で
とめどなく漂う。

家は軋み、
ちいさなボートのように揺れる。

風のない海のように
私たちは
傾けたマストに隠れ家をみつけた二羽の迷い鳥のよう。

アツコの夢

眠りは体が落ちていく恐怖のよう、
眠りは死んだ男の手で
頭を水中につけられるようなもの。

眠ることは
子供たちの髪の渦をみること。
私の腕から押し流されてしまった私の子供たちの――
彼らが水を飲みこんで泣いているのが聞こえる。
下に引き込まれる前に
小さな手を空中で激しく動かし、上にあげながら。
眠りは再び彼らが死んだのを知るようなこと。
灰色の目をしてじっと動かないで

私への愛など無くした、空をみるような目で見つめている。

きらきら光り、様々に光った目で
小さな白いからだと顔は
海草が動いているような海面の下にある。

子供たちの小さくて丸い顔が行ったり来たりする。
もう手がとどかない水中のコインのように。

悲しみの瞬間に母が私に打ち明けたこと

災害から初めて私たち家族だけになった。
子供たちはやっと夜じゅう眠ることができる。
だから私はあなたの父親を避ける
言い訳はない。
窓の傍で何時間も過ごした。
そこで、私の体は柔らかくなり
再び自分自身に戻っていくようだった。
月が空に上がると、その光線が
白い花の方へ行くのをみる。
細くなっていく木々
そして海
私の傍での一晩
一方の手で
陶器でできた小さな像をくるくると回す。

それは鏡の中で反射してキラキラしている。
犬、馬、バレリーナ
もう一方の手で私は顔をささえた。
すぐに自分自身を
その光、花、像から離す。
そして部屋に戻っていく。
あなたの父親が寝ていて、
私を待ちわびている。
誰も干渉することのない水の方へくるようにと
腰のベルトを外し
ベッドに体を伸ばす。
古い下着のシャツに
シャツの胴のところを肘のところまであげる。
彼は私の腕を翼のように引っ張る。
私はドレスのボタンを外す。
彼は手伝おうとするが、
触った瞬間私はその手を宙に浮かせる。
彼の手首をつかむ
ドレスを上にあげてそれを宙に漂わせ、

床に飛び散らかせる。
彼と窓の方を向く
私ははるかかなたを見て
再び花や木々の列、
水に映る月夜の弧が
滑らかで無傷なのを見る。
スリップを胸まで引っ張って、
一緒に寝るために海のかおりをベッドへつれていく。

アツコが新鮮な空気を求めてやってきたとき

風呂の湯に
つかりたいために、
私はよく人前からいなくなる。
それを個人的な耽溺と私は呼んでいる。
自己満足で個人的な
体から体へ過ぎていくもの。
でもそれは
これ以上私の目の前で
激しく息をしてほしくない
ということではない。
私の肩を軽く押して、
羽根布団の方へ
連れて行ってほしくない
という意志表示でもない。

彼のすべてが、
私にとってはもうどうでもいいこと。
でも彼が単に水のようになったわけではないということを
どう説明すればいいのだろうか？
まるで私の体のまわりでぴったりとその輪郭があうように
彼の体が液体であったり
豊潤であることはないのだから。
彼が撫でるのは、
強く引っ張るのと同じではない。
私に抵抗や
あきらめを
強いる波動、
でもこれは、そんなものでも決してない。
この感覚は、
海の底から
私を引っ張ってくるようなもの
私の虹の息は
私から上がって離れていく。

それは人生の他のなによりも
私を死の恐ろしい戦慄に近づかせる。

アツコ――星と波の間で

災害から三年たって
私はいまだにやろうとしていることとは
朝起きて
あたかも輪郭のない夜、
星と波の間の大きな距離を
泳いだように感じること。

毎朝私は船酔いになる。
吐き気が体から湧き出てくる。
波打って乾いたため息の中で
四角く白い盥（たらい）へと吐く。
そして水を
その黄色い胆汁の跡へ流す。

救うことのできないすべてのものと同じように
私は子供たちを救えなかった。
青い水陸両生の姿をして
私の足の間で
泳いでいってしまった私の子供たち
今はタグをつけられ、横たえられて
もう泣くことさえない。

またもう一人男の子の体が入ってくる。
空になった私の腕と一緒に家に帰る。
病院で他の女たちが
私を狂人のように見ている。
ドレスの前で
膨らんで瘤だらけになった
私の乳房は、
ほんの少しの泉水をつくる。
湾を見渡して窓に座るとき
体を端におきながら
私はぱっくりと開いた

自分の傷口のことを思う。
これは空と海の間につかまった
小さな男の子たちの体が抗って残した印。

停止

背後で波が姿を現す。
電線よりもたかく
ワイアヌエヌエの通りを上がっていく。
半分傾いた肩から見て
人々が力の限り走っている。
後ろに弁当箱を置き去りにしながら
上着を引っ張って
手に朝の新聞を握りしめたまま――
画家の帽子をかぶった人が、まるで井戸から水を引く
ポンプの取っ手のように手を動かす。
その遠く後ろにいる人々は
波につかまってしまうことだろう。

家族のアルバムの中の

もう何年も何年も前の写真に
この走っていく人々の顔を私はみている。
半信半疑になって、
驚愕さえするそのほほえみが顔に深く刻まれている。
まるで傷跡のように──。
この人たちは時の経過と年齢によって
自分たちが救われたということを
知っているのだろうか？
でも私はもう驚愕や死といったものには嫌気がさしている。
だからいまとなっては彼らにはこう言いたくなる。
「落ち着いて。今は自分の傍にある痛みを握りしめて
立ち止まって。もう永遠に走りつづけるのをやめて！」と。

居場所のない子供たち

山へいくのが好きなひとがいる。
と母が言う
ね。わかるでしょう?
見て。その体が木々のように太陽の中で揺れている。
目の黒いところが山のようで、
白いところが雲のようになっている。
こっちも見て、足が根の張った作物のように
地面から彼らを引っ張っているでしょ。
そして手と腕が
そして髪の毛の先が風に吹かれて歌っているように
木の皮みたいに粗く、しっかりとしている。
あの人たちは干ばつや霰を恐れていつも上を向いているのに気づいていた?

あなたの父のように海が好きな人もいる。

体はつやつやしていて
ベラ科の魚のように水を切って泳ぐ。
彼らは水をおそれない。塩のにおいをかいで
うろことりを
その足の方から始める。そのうち
肘や手や
ひざの裏にまで達する。
手だって
貝殻の杯のようになってしまうの
それは潮のみちたプールにつかまった小さな魚やヒトデの周りにあるような貝殻
彼らが泣くと、乾いた塩が
目の周りの部分を白くする。

母はこんなふうに言う——
かつて私が海へ行くと、
私が海の人間ではないと海はわかっていた。
波が膨らんできて
私の足を縛るために遠く内陸まで押し寄せる。
そして風が速度を増す。

沖から離れた波は、
ほうき星のしっぽと共にレース状になる。
そしてあなたたち――山にも海にも居場所のない私の子供たち――を
捕まえるために私は五回もおぼれている。

女であること

三歳のとき、
ツナミがやってきた
「パパ。パパ。助けて、
おいていかないで」
父は私を救った。
そして私のいつも使っていた人形もとりあげてくれた。

十六になったとき、
またツナミが町を襲った
父に向かって私は叫んだ
「パパ。パパ。お願い私を助けて。
おいていかないで」
でも父は私の手を離した。

私はいまだに
父との間に割り込んだものとダンスしている。

ハライ・ヒル——一九五七年

ツナミを告げるサイレンが一定して、
泣き叫ぶように響いている。

妹と私は朝食のテーブルからたちあがり
湯気の立った茶のカップを置き去りにして。
食べかけになっておいてあるサルーン・ピロットの
クラッカーの四分の一をそのままにしていく。

母はツナミに備える儀式をする。
コンロを消して
船のように滑らかに寝室へはいっていく。
荷造りをする。ホワイト・アウルのタバコの箱に
彼女は家族の貴重品を置く。
　私たちの家族の系図

数珠
葬式のときにつかった碑版
祖父の毛髪と爪
銀行手帳
日本からきたお骨の灰のはいった封筒

彼女はハライ・ヒルまで自動車をうごかす。
そこは私たちが湾を見下ろすところ。
緑色に旋回した水をみるところ。
私たちの周りは、車の排気ガスが集団でうなりをあげて
車の列ができている。
低いところからきた人々の列。
私たちは海に目を向けながら
だれかのラジオをつける。
低く、うだるような暑さで、
ローズマリー・クルーニー*が歌を唄っている。
放送の合間の活気のないインターバルで。

待っている間、家のことを思う。

朝の光の中で埃が舞っていた。
学校へいくために糊をつけた制服と
食べ物の染みのついた母の着ていたレストランの制服が
竹の棒に引っかかっている。
壁にかかって、干からびているダンスパーティのレイ。
机の上のクレープのような紙でできたバラ。
借家で、洪水マップのXを付けたところで
私たちはこんな宝物なしですますことができるかしら。

妹と私は車に背を向けて休んでいた。
強情な海を見下ろして
その目は浮標に向いている。
母は貴重品の箱を
小さな子供のようにしっかり持っている。
でも母はまだ家に帰ることを心配している。
夜の夕食をするために。
そして私たちも学校へもどりたいと思っている。
男の子たちが窓から体を乗り出し
そして私たちに車から叫んだりするような日々に——

私たちはツナミの警報が
全くなくなるのを
待ちに待ちわびている。

＊ローズマリー・クルーニー＝アメリカの歌手・女優。一九五一年に「家においでよ」がビルボード・チャートで全米一位になる。

PART 3

画家

PART 3

Painter

息子、エリック・リキオ・コーノへ
一九六七—一九九四

父、ヨシノリ・アサヤマへ
一九一一—一九九四

祖父が死んだ日

祖父は鯉が水面に上がってくるのを見ている―その唇がキスをしたがっている―
日光の反射でそんなふうに見える。
祖父はかつて日本に恋い焦がれ、庭を造り、植物を植えた。
コウライシバ、盆栽、池
それ以来、庭は広くはなくなった。
魚は魅惑的に、鰭が千もの扇があるように泳いでいる。
そのうちおとなしい私が、魚のように彼の見ているところに混ざってくる。
「まさに禅の世界だ」と彼は言う。
後で彼は池をきれいにする。「いつも、ここには卵がありすぎる。」
竹でスイレンを引っ張り出し、土手でそれをならべて乾かす
卵が根に小粒真珠のようにくっつき、髭みたいになっている。
スイレンが何本かうまく育つために、池の魚の卵を潰さなくてはならない。
美の哲学に害などない。
祖父の死はそんな日にやってきた。ぽかぽか日が照っている、そんな明るい日に。

一人息子

ブンエモン・オシタ　一八八九―一九五四

1.

村人たちの目は、オタガワ家の親孝行の息子として
あなたを日本へ押しとどめようとする。
その目はポケットの中の石ころのようだ。
あなたの父は何度か酔っぱらって
体をふらつかせ、押し寄せる川のように
家になだれこんできた。
あなたは彼と関わり合いをもちたくない。
戦闘状態になっている国や
救うことのできない母や妹などと
関わりを持とうなどと―
あなたは柳の幹につかまって海を渡ってきた。
本と軟膏と大工道具をもって

木靴をはいて
あなたの手は空想で縁取りした麦わら帽子を
くるくる回している。
まだ撮ったことのない写真の中の女と
これからの約束ごとでいっぱいの自分の子供たち。
それはポケットの中にもってきた
柿の種のよう。

2.

電球が彼女の目にきらりと光っている。
その厳かな顔は求婚の印として
あなたに送られてきた。
屋根の稜線に
あなたは高い土台柱の上に家を建てる。
そこは雨水やネズミが下を通っている
近くに柿の木々の列を植える。
傾斜のところに、
あなたが焼いて処分したサトウキビの土地が
即座に甘い収穫をもたらしてくれる。

子供たちがやってくる。
こんなにいっぱい
六人全員集まっている。ある日
あなたは埠頭にいて、彼らがくるのを待っていた。
でもその次の日には、あなたは祖父にもなる。
だって今の七倍もの人間がやってくるから——
そして私は唯一
あなたの広い移民の肩にのってやってきたその中の一人。

3.

あなたが死んだ夏
柿が落ちて、ほったらかしになっていた。
私と一緒に穫るはずだったのに、あなたはそこにいない。
庭の花は伸び放題。
草は高くなってフェンスのラインを超える。
誰もとめることのできないあなたの癌細胞のよう。
サトウキビにつけた火のように瞬く間にひろがっていく。
あたかもわかっていたように
犬たちは吠え、

魚たちは池の中で急速に泳ぎ回り
私はあなたの畑を走って横切っていく。

4.

何年もたって私の従妹がこう言った。
私はなんて幸運なのかと。
だってあなたの肩にのってきたから――
夜あなたの笛をポーチに座って
聞くことができたから――
パイプでタバコを吸うのを見ることができたから――
だから従妹は何か失ってしまったと感じている。
新しい曲、流れ星、地平線のボート
彼女が思っているように私は幸せなのかしら？
あなたのこんな愛情を感じることができたから？
伸び放題の
広い花畑
水が雨水をためるところの縁まであふれて
まだいなくなったばかりなので。
今でさえ

私の後ろの熟れた柿のように豊満な色の満月に
悲しみの丸い輪がついて回る。

習字

1.

父は最も美しいサインをすることができた。

せかされて
空中に素早く小さな丸をいくつか書く。
鉛筆をもった紙の上で
舌で湿らせた鉛で
その動きは同じ回転をしている。
サトウキビの道に吹く赤い風のように
それは帽子を取り上げ
海側の草を傾けさせるよう。
鉛筆が紙につくころには、
紙の端の方へ手が伸びている。
はずみで

波のように、弧をつくる。
あるいはパイプライン（大きな波の内側）のようかもしれない。
いや。ワイヤーのコイルの方が正しいかも。
らせん状で、ほとんど楕円形になっている。
建築家のように、
ノートのラインの間に書いていく。
習字
「これが俺のならったことだ」と彼は言った。
丸い少年の顔を緩めながら
オラアのプランテーションの学校にある
机に前かがみになっている。

2.

山からくる冷たい風
部屋では、ヤカンが沸騰している。
母が煎餅を油で揚げている
私は書き方を学んでいる。
肩越しから私を見て、
父が私を膝にのせる。

このときだけ
私の手に彼の手をのせる、
その手は紙を横切って引っ張っていく。
まるで針金のように。だから私の手を引っ張っていくとき
書いたものはもつれてしまっていた。
「鳥のひっかき傷だ」—彼は私の落書きをそう呼ぶ。
もうどうだっていい。
でもわざと手のコントロールを失ったりすると
父は私の手をとって
何度も何度もそれをするので私は素早く学ばなくてはならない。

3.

凍りついて
父は鳥のように喉の奥で音をたてる。
私の手書きの文字をみて、
私が彼の遺言状に
不安定なXを書いたときのように
彼は空中をひっかいてみせた。
帳消しにできる生前信託。

法律家の永続性のある力。
一度、車庫のマネージャーをしていたとき、彼は
いとも簡単にそれをしたことがある。
車のサービスに対して、記す名前
「ありがとう。アサ。」と顧客は叫んだ。

「わしが簡単に死ねるよう手伝ってくれないか」と彼の目は言っている。
私は最後の人生のスピンから
彼を解放したくなる。
しかし触れようとすると
彼はイソギンチャクのように手をひっこめてしまう。
「鳥がひっかいたようなものよ、父さん」
「さあ、私に手を貸して」と私は言う。

町を歩き回ること

私は父の背中を鳴り響く太鼓のように叩く。
父はそのたびにしかめ面をするけれど
それでも手を持ち上げて
やり続けるように合図する。
自分の考えをどこかへ押しやりながら
窓の外の、風上にある静かな小径を
うろついている鳥をみている。
話すことなどできるはずがない。
老いて弱った骨は、私が叩くその手の下で
うつろな音をたてる。
四六年のツナミの後
父は自分が車の中に
閉じ込められていたことを決して話そうとしない。
海へ引っ張られていき、さまよっていたことを

それからかなり経った後、どんな気持ちだったのかと父に聞くと
やっと頭を振ることができるだけだった。
死の可能性を誰にも話すこともできず
沈黙が自分の周りで旋回する海水のように
思考の中へ沈んでいく。

ツナミの後
父は散歩するために私を町へ連れていった。
鳥の羽の裏の
灰色の部分のような
空の下で
海の力と破壊力を見るために。
私たちは立ち止まり
車の外に出て
ベンガル菩提樹や鉄樹の大木による
被害をみたり
浜辺で一続きになっている
商売や家屋を見に行ったりしたものだった。
すべての光景を前にして

父は言葉を失っていた。
一度、フキラウホテルへ私を連れていき
ホテルのロビーの高さを超えていくほどの
五七年と六〇年の波を
見に行く。
訪れる旅行者のために—
赤と青の蛍光テープで
絵の窓のところにその高さが記されている。
私はまだ小さかったので
小鳥みたいに少食だと
一九五七年の印よりも背が高くなることはないと言われた。
五フィートの波
でも今の私を見て。
ほら、もう父を追い抜いてしまっている。
父が恐れたあの波の高さにさえなっている。

今日は父と一緒に街を歩き回る。
湾の前方を車で運転して
父の水のような沈黙が壊れるのを期待しながら

それで五マイル行く
父が海をみることを信じて
そして潮が引いていくのをみるために
古いボラのいる池の近くにある
カールスミス地所を横切ったときに
父は車をとめるようにと合図する。
頭を上げて。
口をホーホーというような形にして
オナガガモやチドリが
飛び上がって、回って、北へむかうのを指し示す。

遅い誉め言葉

日本の父親というものは箸のように細く、
サイミンの麺のように弱々しく、肥料用の骨粉のように粗い誉め言葉をする。
いいことなど何一つ言ってくれない。
ただホノリイ・パリ*を飛び越えたいと思っているのだ。
自分のやり方ではなくて。—自分のやり方？　それは頭を殴りつけること。
それをするのが一番いいときとは
人の前ですること。
恥ずかしい思いをさせるために
人の前で私を鈍い、トロい、馬鹿たれと呼ぶ。
背を伸ばし、
ゆるぎない意志でその口をひきあげる、
その尊大な娘の体を粉々にするために—
でも結局、娘の口で
父親は夏の家の壁の泥のジガバチのように

なっていくしかない。
醜い括約筋でできている
口をもっている娘は
あまりに抜け目のない代物。
だってそれはヤギを捕まえ、切り裂き、その糞を投げつけさえする。
それは日本人の女の子がすべきではないことさえやってのけるくらいなのだから。
彼は娘の頭を殴る。
そして怒る。
でも口がアルファベットのOの形のようになって、
相手に食ってかかる用意のできている娘の口は
絶望させる威力をもってよりいっそう卑劣になっていく。
それは毎年毎年
とれるメロンや薬のように何か苦い味がするようだ。
しかしそんな父も年老いてしまった。
聞くのを拒むように耳を手で覆いふさぐ。
おかしな方向に放尿したり、杖で歩いていたりする。
財布には、
私が切り取った黄色くなった新聞を取っている。
それはサランラップでくるんだ

神道の古いお守りのように。
それを友達に見せて
「これは娘だ」と言って
拳で写真を叩く。

＊ホノリイ・パリ＝ビックアイランドにある見晴らし台。

母の砂糖入りのパン

母は裏庭でパイナップルを育てている。
一本の苗木から始めた
今は何列かになっている。
風に打たれた蔦を根こそぎ引き抜く。
スイスのフダンソウやチェリー・トマト
棘だらけのフルーツを耕すために。

彼女が住んでいる島は
サトウキビで有名だった。
彼女の父はかつてエーカーを所有していた。
彼女の町で
パイナップルを育てることは
難しいと誰もが言っていた。
あまりに空気が湿っていて

果物は多くの太陽を必要としているからと。
それでも彼女のパイナップルはすくすくと育った。
砂糖入りのパンと彼女が呼んでいるやつになる。

隣の子供たちは
彼女をパイナップル　レイ—デイ*と呼ぶ
パパイア、バナナの袋を
交換するためにもってきた友達がやってくる
夏のときにのみ育てるのは残念だと
友達に彼女が謝っているのを聞く。
彼女はもっと与えることを願い
もっと寛容であることを願う。
「もしもっと土地があったなら・・・」
友達に良い土産になると
珍しい、島以外では手に入らないプレゼントとして。

後ろの方で作物を見せて
ビックアイランドの人々は
一通り間違ったものを育てているのだと母は言う。

「パイナップルを育てればよかったのに」
母は地面に新しいパイナップルの冠を突き刺す。
そのことを強調するために
母はパイナップルを叩き、
一つを私たちに食べさせるために選ぶ。
「今年は雨が降りすぎ。おそらく酸っぱくなるね」
家の後ろで彼女はスライスして
その小さなクサビ形を口の中へ放り込む。

母は私に皿いっぱいのパイナップルを渡す。
酸っぱすぎるのではと心配になりながら。
どうだろう。でもそれはちょっとピリッとしているけれど
甘い。
パイナップルを食べるのは
子供の頃の記憶のある部分に食いつくようなもの
ほかのフルーツは、
もう一つの台所のテーブルにある。
母と祖父が
弱ったサトウキビの作物に関して

貧困と支払いとの見えない境界線を
話し合っている。

夜になると、母は猫を捕まえにいき
最後に庭を散歩する。
かがんで雑草の
一つか二つを引き抜く。
そして土地の区画を見張る。
丘の女王
母はパインフルーツの匂いの下で眠る。
そして長く、先のとがった葉のさらさらした音を聞く。
母が扉の後ろにいるのが聞こえる。
その息は
裏庭の風のように上がったり下がったりする。
老齢でも
プランテーションをもつことをまだ
夢見ながら。

＊レイ―デイ＝労働する日と婦人の意味を重ねてそう呼んでいる。

舌

埃が目に飛び込んでくる
母は私の顔を手で、
メロンのように受け取り、
舌を私の方に向けて、
目の周りに唇を置く。
まるで私の目玉を
吸っているようにみえる。
魚の目を食べるやり方で
母は舌をぐるぐる巻いて
目からヒリヒリさせるものを取り除く。

ハチの巣状になっている肺が
伝染病でべとべととして
何日もベッドで寝ることになった。

あたかも音をたてて麺をすするように
母は私の鼻に口を置いて
緑色の鼻水をすする。
母の舌は私の詰まった鼻腔を
きれいにしてくれる。
私は風呂の水のようにゼイゼイする。

サトウキビ畑で歩いた後、
耳に蜂が入って
トップギアのように私をぐるぐるさせた。
洗い桶、家の門、物干し竿のまわりを
バタン、バタンと音をたてながら、酔っ払いのように
盲目の人間のように私はふらつく。
母は私の手をつかんで
足の間で私を固定し
舌で耳の中へ入っていく。
舌先を滑らせてそこにしばらくとどまる。
そしてたじろぐことなく
舌先に蜂が丸まった状況で

舌を引っ込める。
あなたの唇の上の私の唇。
私の唇はあなたの舌を捉える。
その経験豊富な真実を。

介護者

父は一日中靴の革のひもを引っ張る。それで母は疲れてしまう。
もうまく話すことができないのに
気難しい年取った頑固者のように、父はまだ「いやだ」ということはできるのだ。
「お前らはくるっっっとる」と罵りにみちて店からでてくる。
まだ準備ができていないのに
インシュリンを打とうとしたのを拒んでいるらしい。
薬は飲みたいときに飲む。髭は絶対剃らない。
ズボンの足のところには尿の跡があり、靴下を濡らしている。悪臭がする。
母は父が変わってくれるのを固く信じていても
いやな匂いがするのは変わらない。
「こんなことよくできるね?」介護者である母を私は慰める。
「ただの気の毒な年寄なのよ」彼女は肩をすくめ唇を固く閉ざす。
でも今は、母は父にへつらわずに、骨に向かって吠える犬のように言う。
「言うことを聞いて。老人ホームへ送り込んでしまうわよ」。

典型的な男

父はもう亡くなっている。
そして母はヘアサロンに
一週間に一回いく。
「おかしな人だったのよ」と彼女は言う
「私が髪をやりにいくのをいつも嫌がっていたの」
なぜかと私が聞くと、
父はつまらない男でけちだったのを自分が知らなかったと
そして父は母に身ぎれいにしてほしくなかったことを
自分が知らなかったのだと言った。
「なんでだ？　お前どうしてパーマなんかするんだ？」と文句を言っていた。
いつもあの人は朝から晩までグダグダと
文句ばかり言ってと彼女は言う。
そして手でアヒルのくちばしの形をしてみせる。

かわいそうな男(ひと)
死んだとき、
母は涙をみせることさえしなかった。
私たちには不平を言っていたことぐらいしか思いだせない。
大将のような男だったのに
でも母はこういう。
典型的な日本の男だったと
他人に対しては良い顔をし、
家族に対しては不平を言うのだと。
でも最近では母は
自分の感情を抑えきれなくなって
父の骨壺を撫でて、
その方向に話しかけさえする。
電線にいる一羽の鳥のように。
「おとうさん。いまから教会へいきますよ」
「おとうさん、絵のクラスへいきますね」
「今日はお寿司を家にもってくるわね。
いいでしょ?」
でも、こんなことしていても面白くないことを認めている。

本当に。

「ああ。もうこれ以上喧嘩することさえできなくなってしまったわ。」

今より前の時代

彼らは日本人だけと結婚するといった
自分たちの同類の人間のみと
ズーズー弁、バッテン[*1]、コトンク[*2]
ヒバクシャなど。
下肥の運び屋、大縄でつながれた者、
今より前の時代には、こんなのとは結婚してはならないと言われた。
毛等、外人、ハオリ[*3]、毛深い人種、外人、白人
水夫、中国人、内反足、one thumb[*4], チンバ、マフ[*5]
白っぽい蛇彩の目、
口唇裂、プエルトリコ人、内股、ポルトガル人、Uncle Joe's friend[*6]
カナカ人、ササキリ、マンドリン弾き、夜のタクシー運転手、
山登り、野暮天、フィリピン人、泥棒、バーテンダー、jintan sucker[*7], 韓国人、
カウボーイ、農夫、髭、大きな口髭、テルコの弟[*8]、大根足、サトウキビ取り、左利き、
右利き、自惚れ屋、キリスト教信者、スペルミスするやつ、共産党員、インディアン、らい病患者、

客家、身体障害者、酔っ払い、鼻ぺちゃ、年寄り、ケチ、チキンファイトするやつ、[*9] pig hunter、[*10] 黒人、ice cruncher、[*11] アヘン吸飲者、やせっぽっち、中国人、厚い唇、白子、くろんぼ。

＊1＝田舎者のこと。
＊2＝アメリカ本土にやってきた日本人移民のこと。ハワイに似た集団よりも頭が悪く、軽い（頭を叩くとそのような音が聞こえることから）と見做されていた。
＊3＝ハワイの白人。
＊4＝手の親指が一本しかないこと。障がい者の蔑称。
＊5＝男でも女でもない人間。
＊6＝結婚するのに不適切な男性の総称。
＊7＝仁丹をかまずに飲み込むのが好きな人間。
＊8＝怠惰で無責任な男性。結婚するのに不適切な男性の総称。
＊9＝肩車で相手を落とし合う人。
＊10＝太った人間を特に好む趣向。
＊11＝同性愛者の蔑称。

※本詩のなかには、今日的観点に立つと不適切と思われる表現があるかと思いますが、作品のもつ歴史的な意味や文学的価値を考慮してあります。（編集部）

父から怒られること

R.H., D.K., M.M. へ

お前は一体日本人なのか？
ひとかどの者になろうとしない
日本人ほど
世の中で
悪いものはない。
そいつがどんなにイイヤツであっても
それは無理だ
ハオリ**なんかに**はなれない
お前は一体誰だと思っているんだ。マイケルのところの娘を知っているだろう。
医者の娘だ、器量よしのあの娘のことだ。
ワイルクドライブの大きな家に住んでいる。
大きな目、いい車、金髪
ハオリのように話したいのか？

大きな目が欲しいか？
大きな家に住みたいか？
だれも中国人の**ようには**なれない。
金持ちのあの Wong 家のように
娘はホノルルへ行き、プナホウの寮へ入っている。
そんな金、うちにはない。
俺か？　俺はただの車の機械工なんだよ。
お前のおふくろは
ワイアケアワエナの小学校の食堂で二番目に腕のいいパン職人でしかない。
そしてハワイアン**にも**なれない。
ケイリ家の娘のように
誰のこと言っているかわかるな？　あの頭のいい方のことだ。
フラダンスがうまくて早く泳げて、本土へ行った方の。
お前があれみたいに踊れるのか？
きれいな鼻していて、背が高いだろ。
お前はあんな鼻しているか？
そう思っているなら、お前は夢をみているんだよ。
お前の母親からの遺伝だ。
お前が鼻ぺちゃなのは、

母親が同じ鼻をしているからなんだ。
それでもなんでお前はうちの人間と違う態度をとるのか？
なんでなれないものになろうとするのか？
恥ずかしいと思わないのか？
お前のことが
好きでない奴らと
一緒にいる意味を
お前はわかっていないんだよ。

パーティでどんなことでも話す昔からの友人

え？
日本人の男が、セックスするより食べている方がいいのがどうしてわかるかって？
じゃあさ、ちょっと見て、
どうやってあたしたちが食物を作っているかを——。
こんなおしゃれなものを作っているのよ。
みんなきれいで。ちょっと見て。すごいでしょ。
一本の大根からとったこんなおしゃれな網を作れるし
これは一本の大根から作った花
きゅうりからできた咲いた花
上にマスタードをつけて
よくできているけど作るのに時間がかかるわ。
本当にいっぱいの人たち
麺をいっぱいいれて
握り飯、寿司、サラダ、

これは魚の卵？
へえ、くじらの肉、ねえ、これって違法じゃなかったかしら？
それといろんなソースを全部いれて
味噌、醤油、そしてマスタード
これをきれいな魚につけて
ねえ今日は
すごい料理をどっかからもってきたに違いないって思われるよ。
竹の模様のノリタケの柄をした皿でね。
これ全部で力がでるでしょう
いろいろとって、巻いて、色付けして
食べ物に名前を付けさえすることができるから。
でも不味（まず）いのはこの**匂い**、
あたしたちが臭いものを好きだとわかっているでしょう？
バカラウ[*1]、バゴーン[*2]、納豆、大根、コウコウ、ハム
でもあたしが言っているやつを知っていたら
それ以上に臭いものなんかないわ。
だって魚のような匂いのするものが二つあるなら
そのうちの一つが魚に違いないんだから。

男たちがどんなかあんたにわかってもらえるために
こうやって食べさせているのよ。
あいつらは食べすぎて
あんなに太っているんだから
それに食べた後、おなか一杯で何にもしないし、
女は、作るだけ作って、疲れて
あとは**ナメクジ**のように体を引きずっていくしかないの
やせっぽっちだけど、そうやって長生きしていくの。
でも男は――　間違っちゃいけないわ――女が何もできないとは思ってはいない。
だって結局男が死んでしまって女がいっぱい残るのよ。
でもね、教えてあげる
男って本当に**楽しむ**ことをしらないの。

猫がつがいになるのを見たでしょう。
雌猫は退屈になって
目をぱちくりしている
男たちの世話が終わって
歩いて台所の中へ入っていく。
もっといい自分が**満足するような**食べ物を食べに行くの――

これは日本の女とおなじこと
何でもないことよ。
鳥や魚をみればわかるわ
男だけが―　彼らは興奮して、
イライラして力を振り回す。
でもみてみなさい。それははじめだけ
結局ビビッているだけよ。
そして帰る。どこへ？
もちろん食べるために女たちのところへよ。

何か知っているの？
ああ私がデキモノだらけの顔をしているって気づいてた？
ひどい傷跡で
とびひってやつ。足を見てみて、それってこれのこと。
ニッケルとダイムの大きさのヤツでしょ。
でも男はそれでもこんな私のことが好き。
なんでかわかる？
なぜってあいつらに**料理してやる**ことができるからよ。

＊1＝タラの塩漬けの干物。
＊2＝フィリピンの小エビをベースにした調味料。

風呂

私たちは男の人が入った後の風呂に入る。
汚い湯の中の女たち
母と私はアンスリウム*の茂みの傍の
長い道を歩く
風呂へ向かって
湿気があって煙のある
燃している火の最後の薪が
窯の炉の中で消えていく
風呂の下で

私たちは服を脱ぐ。
母は湯に軽く指を通して、
温度を確かめる。
もしもそれが火傷するぐらいひどくても

私たちは熱さに耐え抜くだけの達人になっている。
焼けるほど熱い湯をバケツ何杯もすくって、
母の体にしぶきをかける。

アイボリー石鹸をタオルに塗って
踏み台に足を置いて
私たちは木のベンチに腰かけた。
互いの太ももがふれている。
母は背中をむける。
私は彼女の骨のラインをこすっていく
小さなやけどのラインを──
それは彼女の父親がつけた火傷の跡
「もっと強く、強く」と彼女は言う。
肌は赤く光っていく。
もくさの紙や香のにおい
私たちは流し、浴槽に上がり、
ゆっくりと体を沈める。
水が私たちの胸を求める。
あごまで浸かり、私たちは全身を沈め

血が頭に上っていく。

電球の反射で
飛び散らかしたものすべてがはじける。
湯舟に浸かるとすぐに母は私に話をし始める。
また、あのツナミの話、
家を壊したあのツナミの話を——
私は聞く気になんかなれない。
母とちがって、私は男や海水なんかに勇敢に
立ち向かわなくてはならないことなんてないから。
何か起きること**など**全くないのだから。

空気をタオルでとらえて浮かべてみる。
ほらタコだ、クラゲだ、子宮だ。
母の声を消すように
私は深い息をして
湯の中へ沈んでいく。

＊アンスリウム＝サトイモ科の観葉植物。

私の中の水

出産して二日たったあと
穴から水を噴き出すボートのように
胸から母乳がたくさん出た。
それでシーツを汚してしまった。
眠って夢を見ている間に漏れて突き通してしまったみたい。
起きると自分の髪の毛が
猫のぬれた毛のようにべたべたしている。
とくとくと子供の口へ流れでる私の母乳
ときどき私の体でつくる
母乳すべてで
息子が窒息してしまうんじゃないかと思うほど
一体私って何?
ポニーテールをした女の子
でも母親になるには若すぎた。

散歩に行って、
Tシャツに染みをつけてしまった。
それは行きかう車のハイビームのヘッドライトよりも
大きくなっていく。

あの若い男のことを覚えている。
私たちは互いの血が
ゆっくりと高まっていくのに驚いていた。
まるで火星の温度計のように
その精子の重さを。
そしてその夏中
彼の車の後部座席で
私たちの体液は上がったり下がったり――
初めての経験の
喜びの中に入っていく
それは欲望でできた水のテーブル。

水との出会いは
いつも驚くことばかり。

初潮、破水、肺の中の水。
それぞれの水がそれぞれの色をもっている。
そして特殊なにおいも
甘かったり、沼のようだったり、
魚臭かったり
外の空気みたいに、町の周りにある魚市場みたいに。
私の人生はいつも
水の中で溺れているようなもの。

でも水が体の海岸線から
引いて行ってしまったら
どうなるのだろう?
今、私は年老いている。
そしてこんな風にさえ考える。
水が砂漠、小石、流木を捨てて
それらを風にさらし、
海岸線に打ち上げてしまっていたら
どうなってしまうのだろうと。

タバコの後で

私たちの一番大きな欲望とは
健康という名に耽溺しないままでいること。
塩、グルタミン酸、砂糖、タバコ、
私は誰よりも一番長くタバコを吸っていた。
いやな習慣だったけど
どんなときもとても好きだった
その匂いとその形が。

仕事するとき
パイプを吸っていたのは祖父だった。
自分の手で丸めたBull Durham*が
黒檀のホールダーの中で火がついていた。
歯で袋の紐を引っ張って
タバコの断片が

入れ物から紙へぱらぱらと落ちる。
まるで畑にまいた種のように
そして私はおおきな口をあける
魚が空気を吸うように——

年老いて、
体の曲がった、黒い歯をした女たち
彼女らは
眠くてうとうとした頭で
気楽な話と食べ物を
楽しむためにやってきた
紅茶を飲むようにタバコを吸う
指が染みで汚れ、黄色くなって

これが初めての無垢の喪失だった。
セックスへの序章のように
隣の女の子と私は
タニグチさんとこの車庫に隠れて、
くるくる巻いた新聞に火をつけて

ほとんど車庫を燃やしそうになってしまった。
私たちはそこから
眉毛とポニーテールを燃やしながらあわてて出てきた。
カドタさん、そこの店主は
私たちのことをよく知っていて、
母親に告げると私たちを脅し
それからというものセロハンで包んだタバコを
私たちに売らなくなった。
何年もたった後で
私たちは欲情する男の子たちに
媚びるような目をむけるようになる。

大きくなって
見せかけを演じていたのは
私自身であったことがわかった。
やせて、グラマーなラメの入ったガウン
私は男たちに囲まれている。
タバコを空中にくゆらせる
長いタバコの輪

手をひっくり返して灰を落とす。
チェリーレッドのネイルのぞんざいな指で
「ねえ」と甘くささやく。

でもそういったロマンスは
私にはない。
これは食事、酒、
あるいはセックスの後の、
男をそのまま、しばらく話させておく
退屈なとき。

＊ Bull Durham＝八〇年代の野球チームをテーマにした映画のタイトル。邦題『さよならゲーム』。そこでの主人公たちが吸っていたタバコの総称。

あなたのことを考えないこと

クラレンス・イマダへ

1.

私はピオピオ通りの運河を渡る。
こっそりとボーイズ・クラブを通って
ヒロ映画館の向こう側へいく
そこは自分が買わないチケットの
列に私が並ぶところ
それは五年生の考えるたくらみ。
私はそこで
男の子たちがクラブのドアに
入ったり出たりするのを見る。
でも私のほんとの関心事は
アクリル製のハートのペンダントを手にいれること
これは男の子たちの夏の計画だから。

あなたがこのクラブで作ってくれたブルーのハートのペンダントは
分厚くて岩のようだった。
懐中時計のように胸の上に揺れる。
「俺、一生懸命作ったんだけどな」とあなたは謝った。
悪いけどこんなのもう絶対つけないわ。
だって友達の手の中で光っている
誰かがつくった
あの薄くてルビー色のキャンディーみたいなのとは全然違うから。

2.

私たちは一緒に賽銭箱の横を通って
納骨堂を通り過ぎる。
段ボールの箱が遺灰を床におちるシロアリのように
滴らせる。
壁に背中を滑らせて
積み重ねたものを
つま先足で通り過ぎ
斜めになった階段をのぼる。

鐘楼への螺旋階段をのぼる。
下には青少年の日曜学校の様子が耳に入ってくる。
サンスクリットのお経が水のように上がり、
私たちを洗い清める。
私たちの不敬を──
私たちは笑って、口で読経の物まねをする。
　ブッダ、サラナム、ガッチャミ
　ダマン、サラナム、ガッチャミ
　サンガム、サラナム、ガッチャミ
頂上であなたは私の手をとり
そこに座り、町を一望したことがある。
あたかも町が自分たちのもののように見えた。
あなたが指す陸標‥　ホオルル公園
日本庭園、ココナッツアイランド
「なんてきれいなんだろう」と私は言う。
でも私はすでにここを
あなたではなく他のだれかに見せることをもくろんでいる。

3.

銀紙で作った傘が、
クレープ紙で作った花と一緒に高校の体育館の天井から
さかさになって下がっている。
ここはあなたと一緒に踊ったところ
Staffaires＊の曲に合わせて
傘はホイルの面をくるくるさせ
ダイヤモンドのように開花した光を放つ。
私たちはデートの約束のない友人同士。
都合のつくときに、私はあなたと遊ぶ。
でも言いたいことを言うことができない。
あなたはダンスフロアを私の肩ごしにじろじろ見ている。
頭を一方から一方へ落とし
酔いどれ草のようになって—
ほとんど話すことができないまま。

4.

この二週間後
あなたは海で溺れ死ぬ。

体は泥の中で見つかった。
クラスメイトが、棺を担ぐ。
私たちはあなたの体を誦経で清めて、もう会えないのだとあきらめる。
一年、十年、百年
棺には淡い青色のサテンの飾り房があって
私たちはあなたを最後に見るために、開けた棺の前に列をなす。
あなたの唇は紫で、手はあざだらけ
体を包む覆いが絡みついている。
葬儀の碑版と祈るための数珠
あなたの白いスーツの上には
私があなたにあげたワイン色のボタン穴にさす花。

お坊さんが木づちで、木魚を叩く。
人々があなたを見るために壇上へ上がってくる。
家族が私たちの列に挨拶する。さあ私の番——
あなたの継母(かあ)さんが私の手をしっかりと握る。
上や下に振って
そして泣き崩れる。
でもこれは私たちが最後に踊ったときの思いを

埋め合わせするものではない。
もう私の心はそこにはないから
ただ私はあなたに対してなんて軽率だったかと思うだけ。

＊Staffaires= ロックグループの名前。

ホームレス

息子は路上に住んでいる
お互いに会うときはあまりないけれど
死んでしまった子供の墓標に
白いゆりを置きに行く母親のように
私は息子の銀行口座に金を入れる。
EからZのアクセス情報を手でかくしながら
あたかも息子が遠く、
学生寮や異国にいるふりをして。
夜は息子のでてくるおとぎ話を夢見る。
息子が私を悲しみから救ってくれるような、
王子や戦士になる夢を見る。
幼いとき、私に「ママ、泣かないで」といって
父親の辛辣な言葉が満ちる部屋に
お茶をもってきてくれたとき、

勇敢にも、父親の山火事のような
侮蔑の言葉に対し、
背筋を伸ばして立っていた。
私は木々の風の乾いた音で起きる。
息子は私と一緒に暮らしたいと言う。
でも私は一緒にはいられないと言う。
雨の嵐の中の枝のように言葉は大きな音をたてる。
彼を捕まえておくものなどない。
家の壁はあまりに薄すぎるから。
家では私が「一生懸命勉強しないとこんなふうになってしまう」という
それそのものを目にしていた。
マモストリートの浮浪者たち—
息子は**彼ら**のようになってしまっている。
最近では息子を一目みるために
私は町を徘徊するようにさえなる。
ある日バイクに乗っているのをみつけた。
人々は彼に広い寝床をあたえる
鳥が送電線やこっちへやってくる車、
そして木々をさけるように

私は横の道に車を止める
彼は野生動物のような目をして
あたかもブロックを空中待機経路のように軽く飛んで逃げていく。
私の体でもなく、私の希望でもない
与えられないものや、とりあげられることのないものへと息子は戻っていく。

野生のようなもの

1．カマナイキ・トレール　一九七四年

狭い道へ曲がっていく
温かい草を
手でよけながら
私たちはカリヒバレーへ
深く進んでいく。
その歩みは突然、
分けられたブラシが
太陽のもとにその姿を
現わしたように遮られた。
野犬とその子供
それは荒れはてて、道に迷って、隠れたわたしたち自身。

もう出会うことがないように
後ろへと下がる。

2．カネオネ州立病院　一九八七年

私はリケリケハイウェイ[*1]を
パリ[*2]まで運転する
病院のセラピーや処方箋の表を
嗅ぎまわり、なんとか兆候を探す。
あなたが良くなっていく兆候を―
現実の喜びに
しがみつく息子。
あなたのは私のとは違う。
あなたはＣＴスキャンに
つながれたままで話す。
あなたに関して話す人々
私は混乱して、衣服をつかみ
自分の周りにだれもいないのを知る。
その代わりに私は昔からのもの、

物質的なものにしがみつく
上着のポケットの数珠
あなたの首にかかっている神道のおまもりに―。
このよくわからない邪悪さの根源をつかむために。

3．パリ地区　パティオ留置所

この留置所の
温かさの中で
あなたはめそめそ泣いて
足をむき出しにして
そして私をあざ笑う。
どこかの動物が殺して食べた
死骸のくずのように
あなたが
私の恐怖の背景にあったことを
後悔している。
あなたが目のみえない子犬のように
体を丸めているのを見ると

絶望感でいっぱいになる。
この病院の棟で、
誰のものでもない胎児のように
悲しみが私たちの周りを
行ったり来たりする。
何も助けにならない
最後の手段として、
私は古くからある格言を
求める。
親孝行、義理、恩――。
この懇願でさえあなたを
再び戻してはくれない。
昔からある習性が
私たちを裏切る。
ルールなど役になんかたたない。
被害妄想になっているあなたにとって
意味するものなど何もない。

＊1＝ホノルルで最も人気のあるハイウェイの一つ。眺めがいいことで有名。ルート63と呼ばれる。
＊2＝パリハイウェイ。ハワイではルート61と呼ばれる。

息子、罪を犯した後に

太陽が私の首のうなじのところを照らす、ぎらぎらと熱く。
私たちの後ろには、深く皺のはいったコオラルの丘
汗をかく。でもあなたは重いローブをつけて歩くたびに
ぱたぱたと音をたてるサンダルを履いていて寒そうだ。
私がベンチに座っている場所で目が合う。
こっちを振り向いて、私のことがわかり、何か熱狂的な予言者のようにこうたずねる。
「リーおばあちゃんがアルツハイマーなんだって？　死ぬときって、
元の自分になれるのかな？　あんな認知症のマスクみたいな表情でもさ。
対麻痺の患者なんで、あるくことができるのかな、花をつんだりするのかな。
でも生きているってどういうことか俺にはわかる。
しっかりと自分の足で立っているってことだよな。死ぬときは、完全に死にたいよな。そうだろ？」
あなたは私の沈黙を賛同とみなす。「母さん。
なんで母さんとあんたの気の毒な神様は、
俺を止めてくれなかったのか教えてくれないか」

励まし

励ましの日、
あなたは私のところへ足を引きずって歩いてきた。
明るい緑と赤の病院のガウンを着て
これは**脱走する**患者のように特別なものだけど
あなたの顔は朝の月のように青白く
その目は、海のように穏やか。

薬でぼうっとしていて、あなたはまるで水に引き込まれるようだと言う。
だらりと重々しく
あなたの過ごした日々は海のプールの静けさのよう。
もう一度、眠くて親指を加えた子供のように
あなたは私の声のする腕の中にすがりつく
救われるために。

あなたはスニッカーズ、寿司、
ヘビーメタルロックの雑誌がほしいという。
涙が流れる。
涙は半分笑いながら、
私の心の痛みの中へ飛び込んでくる魚のようにとびはねる。
さあ起きて。もう歩いて行ってちょうだい。

あなたはなんて寂しげなんでしょう。
頭の中で聞こえてくる
水のような声につつまれて――

初めてのとき

病院がまた電話をかけてくる。
発見された後、
あなたは救急車で運ばれてきた。
歩道で魚のように跳ねていたあなた。

毎回が初めてのときのよう
決して慣れることなんかない
夜遅く電話がかかってきて
心配が潮のように心の中にわきあがってくる。
声が遠くで流れるように聞こえる。
看護婦が私を呼んで
まだ生きている
でも要観察だと告げる。

でも最悪だったのは
やっぱり初めてのときだった。
あなたが睡眠薬をこぶしいっぱいに飲み込んで
看護婦が私にアイスパックを与えた。
手のひらからすべりおちていくようなあなたの命を
私はあなたの背中を撫でて、
暴力的な生への回帰の中で、
便器の上でなんとかつなぎとめている。

光や人々の顔がどれほど私たちの上の
さまよっていったのか覚えておいて――
月のように冷淡で
あたかも私たちは水面下から
物事をみているようなものね。
あなたを起こしておくために
あなたの肩に腕を回す。
まるで他人からもらった毛布のように
私たちの前には歩いていかねばならない長い道がある。
頭をおとして、それで

部屋にゆっくりと旋回する死を拒んでいる。

鳥

羽。息子は鳥の羽でおおわれている。
すべてが。頭からつま先まで。
髪、耳、まつ毛、眉毛、服さえも
羽ペンのように細く、綿毛のように軽い。
息子は人間というより
鳥のように見える。
髪をかき乱して、神経質そうに
病院の扉の前に
姿を現す。

鳥が本能的に生きていける所へ
逃げたいと思うように
息子は自分の身長以下のところへ体を押しやる。
町の筏のあるところへ

横になったり、まだら鳩や
町の鳩が
巣を作っているところで死ぬために
聞こえることとは
鳥の叫び声や、
巣づくりする鳥の荒々しい動き。

でも最後には
生きたいという欲求で
回復し、
緊急治療室へ歩いていくといった
羽のような希望を痛感させるのは何なのだろうか？
息子の叫びはどこへ行くのか？
そして母親はどうやってそれを聞き、
知ればいいのか？
私の首元にいる鳥、
私の手から飛び去っていった息子を—
自分と苦しみの距離—
それは信頼や愛で縮められるものではない。

息子の胸や腕や足の間の上にある鳥が横切った足跡、
パンくず、枝、残り物がまき散らされた
歌やダンスの中で──

素晴らしいほど苛立って

「話してあげてください。まだ彼はここにいます。
私にはわかるんです。」と看護婦は言う。
看護婦の経験による特別許可、
死につつあるものを看取る何年もの年月からくるその経験で。
「魂はしばらくここにあるんです。」と言う。
でも、そんなあなたに私は何と言えるのかしら。
私が素晴らしいほど苛立っているなんて
あなたに死ぬほど腹が立っているなんて
このクソガキ。
最後に正しいことをやってのけるなんて―
そして死がこんなに遅くやってくるなんて。
背中をたたいてあなたを生き返らせたい。
叫んであなたの胸を
私のこぶしでドラムのようにたたきたい。

山の背の古い家の
裏の月に、
気がくるったように吠える犬の
見知らぬ、腹をすかせた獣の鳴き声
その声は畑を横切って叫ぶ、
嵐の後の、粉茶のような濁った色の海水
月の光に照らされた飛沫
それは星の群れのなかへ投げ入れられる。
私の最高潮の怒りをゆるして—
この死ぬほどの苦しみから私を救い出して。

ダリウスへ

遅い

あなたの痩せた兄が
病院の部屋の
ドアーのところで
木のようによっかかっている
花の香り
彼の恐怖にその枝を広げるには
白くて甘すぎるにおい
今朝の二時
彼の夜は眠るためにうずく。
でも彼はあなたを
休めさせてはくれない。
死ぬのを待つ日々へ、
あなたの心は押し付けられる。
腕や足を体の陰になっているところへ

突っ込む
「おい大丈夫か」と彼はあなたに尋ねる。

全人生において
兄はあなたのことを心配していた。
そしてまだ心配している。
まだ幼かったときから、
彼はあなたの腕の傷に縛りつけられ
あなたを病院から車で拾い、
家まで送っていく。
あなたの忍耐力のなさが
彼をひどく叩きのめしていた。
早くしろよ。いつも彼はくるのが遅いから
そして今回も
ちょっと遅くなる。
彼は外へいき、あなたのためにいろいろと骨を折る。
あなたを生かすことよりいいことって?
それは**どんなことでも**してやること
もういちどあなたが

「ああ、どこにいたんだ?」と言うのを聞くために。

巣

私は首のまわりのスカーフを締め、
黒いコートをつかむ。
夜の狂ったような風にあらがうために
苦痛を秘めた空気
枝を鞭のように震わせる。
枕と毛布を私の周りに積み上げて
あなたのとなりの
キャスター付きのベッドに巣をつくる。
食事用のチューブと点滴が覆われるものを要求している。
空気の供給、
輪を描く酸素の煙
人工呼吸器がシュッシュッと音をたてる。
上の方で、まるで列車が
あなたの壊れた肺の翼の中へ入って、

生きているというあなたの記憶とともに
あなたから離れていくように。
生きること、そう生きるということ。

でも私はとうとう賛同する。チューブをとってしまうことを——
そうすれば心臓はどんなことになってしまうのかしら。
今は時間の問題のみ
歩道の雑草が
金のギターのような音をたてる。
今夜はあなたの上にたゆたって
私はあなたの新しい母になる。
あなたの呼吸を聞く。
あなたが幼く、
そんな奇跡の懸念で
眠ることができないときに
聞いていたのと同じように
あなたの人生に耳を傾ける。
最小の変化を見守りながら
するたびごとに呼吸がやわらかく浅くなって後退する。

そしてあなたの命は散っていく。
息子よ。あなたは窓から遠く体を傾きかけ過ぎてしまった。
ポーチに靴を投げ飛ばし
ただ新鮮な空気を欲しいと思っていただけなのに
ただ飛べると思っていただけなのに。

葛藤

この輪番で
夜の骨の番をする
メリッサという名の慈悲の天使は墓の番で働いている。
野生のままで捕まえた翼のような白衣を着て、さまよっている。
次は誰？
このフロアのだれもが難癖をつける。
眠り、苦痛、あるいは自己憐憫をこえた死
彼女が巡回するとき
生きているという苦しみを指揮する。
彼女は安楽のキャンディー、
同情の綿あめを私たちに与えてくれる。
彼女に耳を傾けることはできる。
「ご気分はいかがですか？」
「何かおもちしましょうか？」

「もっとコーヒーか紅茶いかがですか？」
隣の部屋でサモアの家族の人たちと一緒に歌を唄う。
ウクレレとギターで
ハワイとサモアを
行ったり来たりしながら。
隣はカヌーのような形をした
タパの布の上で寝ている。
死にゆく父親のために
その魂がなくなっていく父親のために──
彼女は最後にあなたの部屋にやってくる
落ち着きとやさしさをしょい込んで
私の簡易ベッドに体を落とし
あなたの形をした息子のために悲しむ。
その体は伸びて
ギターの弦のようにピンと張っている。
あなたの額はきらきらと光り
月のような蛍光色になっている。
彼女によると子供たちは私たちと同じように、
人生の孤児なのだという。

そしておそらく、子供たちを再び
私たちのところへもどすことができるなら
物事は違っていくであろうと
「はじめからやり直すのです」と彼女は言う。
私はうなずく。
これは、かつてこんな風に
子供たちが死んでしまった母親たちの夢なのか?
何度も何度も祈られる願い、
それはこわれたレコードのように――
残された者のくるくる旋回するドラマのよう。

許し

息子はこの人生から
もう一つの方へ
かかっている橋のように横になっている。
彼に息ができるように
足場を与えてあげよう。
息をするたびに一歩一歩
行きつく場所へと近くなる。
手を挙げると看護婦がゴムの手袋を素早く手につけて
人工呼吸器のチューブをはずす。
息子の口は空いたまま
そしてチューブをとって
喉から引っ張りだす。
鼻から食べ物を流入するチューブを
腕から点滴を取り出す。

安楽死のために
酸素チューブはのこしておく
息子の頭は枕の上で後ろにのけぞっている。
痛みと緊張から解放されて体がゆるみ、目が開き
顔に涙が伝っていく。
彼の手を握って額を拭う。
これは息子を愛するために私ができなかったこと
ねえもうすぐよ
息子は自力で息をする。
今は純粋な反射運動にすぎない。
「息がゆっくりになっていきます」
と彼らは私に言って、退散する。
夜じゅうこれが続いて
次の日までになった
あなたが行く所は素晴らしいところでしょう
私は息子に愛情の許しを与える。
橋を渡るための、
カイウィキの家に入るようにと息子に言う。
そこは昔遊んだ夏で満ち足りて

もう靴を脱いだり、
ポケットの中を振って見せたりする必要はないところなのだから。

急いで

その日私は、息子が息を引き取るのを待っている。
それは港で船が行きかうのを見て、
港で働く人がアイスバケットのはいったレタス、
バナナ、そして波止場の向こうからくる手紙を荷台で持ってくるように
最後は一緒に、
この完全なる時間(とき)をすごしましょう。
母と子――
私という母以外誰も愛さず、
必要とされなかった子。
息子は赤く、傷で腫れた顔を
青い毛布にくるんでやってきた。
初めて毛糸の靴を結んでやった日。
でもその日から私たちは遠く離れてしまった――
今はこの気の毒な最後の時、

海の方に顔をむけながら一緒になっている。

一日中何の変化もなくて
脈拍、呼吸は同じ
私はクラッカーのような食事をたべるだけ。
サンダルを履き替えて、顔を洗う。
息子のベットで私がいない状態で死ぬのは
彼らしい死に方。
いままでいつもそうだったように息子の死は衝動的で
ベルやトライアングルのうるさい音のような告知はない。
乗り遅れる予定ではない
目のまえの舟を突然目にしたよう。
起き上がってそれをみるために水辺へやってきて
ここに来たように外へ行き
急いで、直に
水を通して入っていく。
何の手がかりもなく、乗車券もなく、祝福もなく——

黄金のように素晴らしいもの

私はあなたの手を一つにする。
指を祈りの形に。
そして手首に白檀のロザリオの数珠を巻く。
最後の儀式のために枕に数珠をくくる。
最後の時の守護神。
あなたの兄と私はベットの傍で立って
この世の真実の一服を吸う。
私たちの疑惑へ注ぎ込まれる一服を——
もうあなたに会うことはないだろうから。

儀式の鐘が鳴る
その音はあなたを通り越す
天空の誦経の奏で
永遠の命の霊薬

錬金術が幸運のために三回打ち鳴らす鐘
哲学者の石が光り
生まれ、新しくなる
私たちはこれから永遠にあなたをあきらめていく。

やり方

白い蝋燭と菊の花が
永続した時間を与える。
私はあなたの遺灰を、お坊さんに祝福してもらうために置く。
葬儀用の板を祭壇の炎のようにして
七日間の勤行、遺灰の上の
あなたの体の他の部分は寺の中に埋葬されている。

かあさん、これがあんたのところへもどってくる俺のやり方だよ

ショクショ、僧はあなたの戒名を説明する。
決してあなたの魂には訪れなかった安らぎをそこに置く。
生きるために、私たちは儀式を行う。
四十九日、百日、一年
四十九日目は哀れみの日。

地上での絆から魂が解き放たれる日が
私の誕生日とは、素晴らしい予兆。

あなたの顔は東を向いて
朝日が昇るところ、来世の繁栄
毎日、僧が祝祷で鐘を鳴らすことになる。
朝の光がヌウアウ*の上にあびせられるとき
そしてあなたはその日その日の命名の歌をきくことになるでしょう。
壁龕の内部に幸福だった時の写真を置く。
あなたは自転車に乗っていて谷の方へ行く。
シドニーさんのところで牡蠣を食べている。
鎌倉で鹿に餌をやっている。

これが、かあさん、あんたのところへもどってくる俺のやり方だよ。

---

*ヌウアウ＝コオラウ山の切れ目に当たる峠で、オアフ島で有名な絶景ポイント。

悲しみの国

息子が死んだ後、
悲しみがあまりに大きすぎて
その青い時間（とき）を刻む新しい群青色の国へ引っ越すために
私は荷造りをする。
見る場所はどこでも、青い山、
青い花、青い星。ベルさえも
悲しいブルーの音を奏で
私の息や口を凍らせる冷気を鳴らす。
悲しみの国は、ふぞろいの町なみや、
風に吹きさらされた青い煙の煙突の一群や

シャッターを閉めた家をともなって美しくたたずんでいる。
奉納用の蝋燭が、どぎつい群青色の窓の
カーテンを超えて燃えている。

後ろにいる人々は外をみて
草地に満ちる悲しみから解放されることはないと言う。
緩やかな丘にいる、あわれな羊たちがいる切り石
底なしの井戸のある田舎
ヒアシンスの青い茎
背が高くて、しっかりとした貯蔵庫（サイロ）
私の眠りの束をつかんでいる。

あなたが言うこと

この部屋で
水の中のように
私たちはゆっくりと動く。
低いところにある光は優しく
私たちの腕は　慎重に重くなっている。

「私は人生を通じてあなたのことを悲しんでいた。
あなたがあのとき、水からすくわれなかったら
生きていなかったら
あなたを失って悲しんでいたでしょうに。
なぜ今そう思うのかほんとうにはわからないけど――」
私は人々の顔を探す。
工場に訪れた人々の顔を
ダマスク織のカバーの何ヤードも整理している間に

あるいは働いている人々を監督している間に
ガーネットマシン（反毛機）を動かしている間に。

そしてあなたは私にキスをして
私の背中、
耳そして唇越しにこう言う。

こうするのがいいんだ
あんたと一緒に年取っていくのが。
俺たちの動きは
影のほうに迷い込む。
俺は何か
現実的なものへと滑り込んでいく
花柄のフランネルのナイトガウンとかに
そして俺たちはベッドで本を読む。
俺たちの間には音を立ててバラバラにする
バタークラッカーとフルーツボール。
母さんがかまわないなら、
そのシーツの端を少しだけ俺のためにかしてくれないか？

今は
俺の体のことだけ考えてくれ
奇妙だろ
でもこの光の中で和らぎ、俺は水のように流れていく。
優雅な泳ぎ手
俺たちは動いていく
波のように。

画家

光が
窓からやってくる
光が
彼女の目におちる
私の母親、
ブラシをもつ画家が
線をたどっている
紙の近くに頭をおとして
ブラシが
地図の道を描く、
そこは彼らが私に案内した場所。
それは羽ばたきしてやってくる
まるでにぶい腹痛みたいに。
彼女は私に言う
できる限りたくさん

描くために
急ぐ必要を感じているのだと。
時の圧迫は
彼女の手の中の白い鳥の重さのよう。
飛び散った
毎日は
道端の野生の花のよう
そして彼女は玄関へ
戸を閉める前の光を
集めるために行く。
松の木を通して
彼女の手は
月の最後のメロンの一切れを引っ張り込む
それは雲や枝が
草の長い刃の弧を描き
彼女が一番したかったものになっていくように
「どうやって生きていけばいいの?」と彼女は尋ねる。「目が見えなくなってしまったら」

机上で
昼に
肌のように薄い光が照らすまで
私は彼女を見ていた
視線の通った跡に近づいて
ブラシが
幸運のお守りや、クローバーの押し花や、光ったコインなどを
描くたびに
見つけることができないと思っている場所へ続く
道に彼女と一緒に行くよう。
そして彼女は
フェンスの向こうで
いまだかつてないほど幸せになり
その最後のときには、私たちは
目の前に広がった野原で
楽しく遊んでいることでしょう。

謝辞

以下の作品を出版物として世に出すことができたことを感謝いたします。これら出版物と本詩集の詩のうちのいくつかは、形式、内容等多少異なっています。

「介護者 "Caregiver"」 *Articulations: Poetry About Illness and the Body*
「息子、罪を犯した後に "Son, After the Attempt"」 *Asian American Journal*
[「サンゴ礁 "Coral Chips"」「初めての時 "The First Time"」
「ジョリとアイスマン "Joli and the Iceman"」[「アイスマン "Iceman"」として当初は出版された]「父の叱責 "A Scolding from My Father"」「海の匂い "The Smell of the Sea"」
「女であること "Womanhood"」 *Bamboo Ridge, The Hawai'i Writers' Quarterly*]
「行商人 "The Peddler"」 *Chaminade Literary Review*
[「溺れそうになった後で "After Near Drowning"」「名前 "Name"」
「私の体の水 "The Waters of My Body"」
「母が悲しみの時に打ち明けたこと "What My Mother Confided in a Moment of Sadness"」 *Constructions and Confrontations: Changing Representations of Women and Feminism East and West*]
「居場所のない子供たち "No-Place Children"」 *Dissident Song: A Contemporary Asian American Anthology*
[「遅い誉め言葉 "Late Praise"」「母の砂糖パン "My Mother's Sugar Loaves"」
「あなたのことを考えないこと "Not Thinking of You"」[前の題は「あなたのことを気にかけないで "Careless

of You”」

「一人息子 “Only Son”」「Mauka からやって来た男の子 “School Boy from Up Mauka”」」

「町の周りをぐるぐる回る “A Spin Around Town”」 *Hawai‘i Herald*

「アツコの結婚の日 “Atsuko’s Wedding Day”」［「完璧な人生 “Life Perfect”」として当初は出版］「前の時代 “Before Time”」 *Kaya Anthology of New Asian American Poetry*

「野生の “Feral”」 *Makali‘i*

［「タバコの後で “After Smoke”」「励まし “Encouragement”」「年取った女 “Old Biddies”」 *Literary Arts Hawai‘i*］

「舌 “Tongue”」 *Maps of Desire, An Asian American Erotic Anthology*

［「寝る時 “Bedtime”」「はみを噛む “Champing at the Bid”」「叱責 “The Scolding”」「シャワー “Shower”」「疑い深いこと “Suspicious”」「二人の女王 “Two Queens”」 *Mother of the Groom Anthology*］

「風呂 “The Bath”」「ハライ　ヒル　“Hāla‘i Hill”」 *The Seattle Review*

デイビット・リー、エリック・チョック、ロイス＝アン・ヤマナカと私のスタディー・グループに大いなる感謝を表します。

特にキャシー・ソング、彼女の愛情、友情そして、その大いなる学識に感謝いたします。

《訳者解説》

逸脱するローカル・ナラティブ
ジュリエット・コーノのハワイ

牧野理英

ハワイの日系アメリカ作家ジュリエット・サナエ・コーノ（Juliet Sanae Kono）は、アジア系アメリカ文学研究においては、ローカル作家という立ち位置である。その作品のほとんどが一人称で語られ、そこにはビックアイランドのヒロというローカルな環境で育った労働者階級の日系アメリカ人の声そのものを感じ取ることができるからだ。実際にその語りは、ハワイに根差したもので、日本を祖国とは認めていない。いやむしろその特異な戦争体験によって、日本は理解しがたい「異国」として彼女に憑りついてしまっている。戦時中の一九四三年にヒロで生まれ、ヒロで育つ。現在も生活の基盤をハワイにおいて、Leeward Community College でクリエイティブ・ライティングで教鞭をとっている。しかしそうしたローカルに根差すコーノの視線は、ヒロという地域性のみにとどまるものではない。これは言うまでもなく一九四三年という彼女の生まれた年に起因している。戒厳令が布かれたヒロで、爆撃を避けるために電球を黒く塗り、停電の中で生まれたその壮絶な誕生の様子は「停電の子 "Black-Out Baby"」に鮮明に描かれている。『ヒロに降る雨（*Hilo Rains*, 1988）』に収録されたこの詩には、自身とはなんの関わり合いもない「遠い親戚」である日本人がハワイを爆撃したことで突如はじまる戦争体験を、日系アメリカ人としての混乱とその怒りによって表現している。ローカルといえど、常にその経験はグローバルな集団的記憶に連関し、国を超えた視野を私たちに提示してくれる。そしてこのようなテーマ故にコーノの作品全体を見た際に、ローカルとは一体何を意味しているのかという根本的な問いを突き付けられる。

詩集『ツナミの年（*Tsunami Years*, 1995）』に描かれるハワイは、アジア系アメリカ文学研究におけるローカル作家というコーノの位置を大きく逸脱させる。『ヒロに降る雨』よりも本詩集の方がその要素は高い。『ヒロに降る雨』は生き生きとした日系アメリカ人少女の一人称で語られ、そこには労働者階級の喜びや悲しみが牧歌的フレームの中に描かれている。しかし本詩集では、コーノはそのローカル色を継続しながらも、グローバルな社会問題を取り扱うというダイナミックな内容に仕上がっている。『ヒロに降る雨』の、当時十代の語り手は、本詩集ではすでに更年期を迎え、義母や息子、そして親類らを介護し、その死を看取る送り人となっている。これはその後コーノが着手する小説、『暗愁（*Anshu*, 2010）』にもつながるテーマともいえるだろう。詩のみならず、短編、随筆とジャンルを広げていくコーノは、この小説では歴史をベースにした壮大なトピックに取り組んでいる。『暗愁』はハワイのヒロで生まれ育つ日系アメリカ人ヒミコ・アオキの第二次世界大戦をはさんだ生きざまを描いたものだ。ヒロで望まぬ妊娠をし、家族に疎まれて広島の親戚に送られ、そこで被爆する主人公ヒミコー。小説の最後でヒミコは原爆の被害の記録と世界平和のために自分の肉体をアメリカ陸軍外科医の医療チームに提供する。このような世界観において、コーノはローカルとグローバルは対立する概念ではなく、人間の深い悲しみによって連結していくことを証明してみせる。八〇年代から二〇〇〇年代初頭にかけて、コーノのテーマはグローバルなトピックをとりあつかうが、『ツナミの年』はその分岐点にあると考えてよい。コーノの描く哀しみは、万人が経験する哀歌を起点としながらも、語り手が人種、民族、階級といった区分を超えることで、いまだかつて経験したことがないものとの対面となっている。それは英米文学においては崇高なもの—the sublime—と表される驚愕という体験にもなぞらえることができるだろう。

『ツナミの年』は「エリザベスの詩」「ツナミの年」そして「画家」の三部構成になっている。一見独立したおのおののテーマが一つの詩集にまとめられているようにみえるが、実際は一つの共通項でこれらの三部はしっかりとつながっている。認知症を患った義母エリザベスの介護をテーマにした第一部、過去三度ヒロを襲ったツナミの被害とその後の人々の壮絶な生きざまを描いた第二部、そして死にゆく息子の最後を看取る第三部—。訥々と語るその語り口には、女としての意識が揺らいでいく中で、様々な人間の死に寄り添う送り人コーノの姿をみることができる。認知症、自然災害、そして青少年の非行問題。これらは現代の重大なる社会問題であると同時に、語り手にとってはいまだかつて経験したことがないこと—the sublime—として立ち現れる。そこには喜び、怒り、哀しみ、楽しみといった人間の感情すべてが溶解し凝縮された驚愕の瞬間として表出する。

第一章の「エリザベスの詩」は彼女の夫の母であるエリザベス・ボイストン・リーに捧げられている。かつては優しく理解のある白人の義母が、アルツハイマー型認知症により、幼児のように、動物のように、そして最後は植物のようになっていく。しかしその変化を通して、語り手の心には単純な悲しみよりも驚きが先行している。そこには人種や民族は異なれど、いずれ自分にも訪れる死への経緯を、一種の驚異とともにしっかりと目にとめようとする語り手が存在しているのだ。これは詩集冒頭で引用するアメリカを代表する詩人エリザベス・ビショップの詩の引用の中にも投影されている。

私は何度も何度も見たことがある。

石の上を、冷たく、意のままに
すこしよそよそしくうごめいていく、いつもと同じ海を――
それは石の上、そして世界の表面をうごめいている――
舐めると、はじめは苦く
塩辛く、そして舌をくっきりとしびれさせる。
あたかも知識がどのようなものかを想像するように
暗く、塩っぱくて、透明で、流動的で、完全に自由なもの――
この世の冷たい手から口へ落ちていく。
それはごつごつした岩の乳房から生まれ、
永遠に、ゆったりと引き伸ばされていく
私たちの知識が歴史的で、絶え間なく流れ、流されていくものであるように。

エリザベス・ビショップ

通常母性的な包容力と優しさを象徴する海は、ビショップの詩的空間には存在しえない。その「岩のような胸」から流れる母乳である海水は「当初は苦く」しかし「暗く、塩辛く、透明で、流動的で、完全に自由な」感触をもって私たちの舌をしびれさせる。それは津波のようにヒロで生きている人々に驚きと苦痛、そして発見を与えるエピファニーなのである。まさにエリザベスの認知症は語り手にとっての「ツナミ」であり、完全なる新しい母親像として、語り手コーノを圧倒していく。

エリザベスが変貌していく様子は、ビショップの海のイメージで語られるが、その「海」は母性どころか、狂気、混乱、動物的衝動に満ち満ちている。

まだ死んでもいないのに。
でも彼女は逝ってしまった、
自分の子供を亡くしたように
彼女の心は、今海の底にある
そこで彼女は足で海底の砂を蹴り上げ、
水中でかき回しているだけ
・・・
あなたは彼女に戻ってきてもらいたい。
威勢がよくて、自尊心の強い彼女に——
・・・
あなたが悲しんでいるこのエリザベスではなくて——
太った人を指さして笑ったり、
海の匂いのするこんなエリザベスではなくて——

（恋文（ラブレター）　14-16）

この無慈悲なる母としての海のイメージは、十九世紀のアメリカ作家メルヴィルにも通ずる自然的空間ともいえよう。白鯨の反撃で九死に一生を得、大海をさまよう平水夫イシュメイルのように、コーノは白人の義母の狂気に翻弄されながらも、それに対応し、最後を看取る。会話もできぬエリザベスに対し、

「海のような」臭いがすると表現するが、これは混乱に満ちた人間の原始状態を目の当りにしたコーノの真実の証言である。

『ツナミの年』の翻訳は、コーノが心待ちにしていたものだった。『暗愁』に関する論文を執筆していた当時の私の頭に、この詩集の壮絶な内容が浮かび、唐突にも翻訳をさせていただけないかと話しをもちかけたのが二〇一九年のことである。しかしこんな私の申し出に対し、コーノは快く私に翻訳権をくれた。そしてさらに、以前に他の翻訳者がこの詩集に取り組んだものの、この詩集の内容があまりに暗く、残酷であるため挫折したという経緯をも包み隠さず話してくれたのである。そうした話を聞いて、当時の私はかなりの覚悟をもって仕事にのぞんだのを覚えている。

しかし私が実際に痛感したのは、底知れぬ悲しみと、そこから湧き上がってくる全く異なった感性──「脅威」──であった。人生の折り返し地点に立ち、さまざまな人の死を看取る語り手は、それらの死を通してこれからやってくる自身の死を疑似的に経験する。このことに加え、死という普遍的テーマを、自分が生まれ育ったヒロの海になぞらえて展開するコーノのローカル・ナラティヴは、生きることが終わるとはかくも醜く、同時に美しいのかという普遍的真実を存分に表現しているのである。

最後になるが、本詩集は様々な経緯から翻訳されるのが困難な状況であったことは前述したとおりである。そうした中でも、出版に至ったのは小鳥遊書房の高梨治氏のおかげである。終始貴重な助言をいただいた氏に深い感謝の意を表したい。

なお、本書の翻訳は日本学術振興会科学研究費基盤C（課題番号17K02562）による研究成果の一部である。

【著者】

ジュリエット・サナエ・コーノ

(Juliet Sanae Kono)

1943 年ハワイ、ヒロ生まれの日系アメリカ作家、詩人。ローカル・ナラティブを使った手法でハワイの労働者階級の日系アメリカ人の生活を生き生きと描く。主な作品は詩集 *Hilo Rains* (Bamboo Ridge Press, 1988), ハワイのアジア系アメリカ人の作家らとの連詩の詩集 *No Choice but to Follow* (Bamboo Ridge Press, 2010)、そして第二次世界大戦中の日本を日系アメリカ人の視点から描いた *Anshu: Dark Sorrow* (Bamboo Ridge Press, 2010) がある。現在はホノルル在住。リーワードコミュニティカレッジで文芸創作を教えている。

【訳者】

牧野理英

（まきの　りえ）

日本大学文理学部英文学科教授。専門は現代アメリカ文学、英語圏の日系文学。共著には「異国の祖国——ヤマシタとイシグロの七〇年代と日本」（『ホームランドの政治学——アメリカ文学における帰属と越境』所収、開文社出版、2019)。「収容所をめぐる三つのテキスト——カレン・テイ・ヤマシタの『記憶への手紙』におけるポストコロニアルポリティックスの攪乱」（『トランスパシフィック・エコクリティシズム——物語る海、響き合う言葉』所収、彩流社、2019)。“Between Ishmael and Tashtego.” *Leviathan: A Journal of Melville Studies*（2016）. “Absent Presence as a Non-Protest Narrative: Internment, Interethnicity, and Christianity in Hisaye Yamamoto’s “The Eskimo Connection.”” Vol 2 of *Trans-Pacific Cultural Studies*（Sage, 2020）など。

ツナミの年

2020年10月30日　第1刷発行

【著者】
ジュリエット・コーノ

【訳者】
牧野理英

発行者：高梨 治

発行所：株式会社**小鳥遊書房**（たかなし）
〒102-0071　東京都千代田区富士見1-7-6-5F
電話03-6265-4910（代表）／FAX 03-6265-4902
http://www.tkns-shobou.co.jp

装幀　鳴田小夜子（坂川事務所）
印刷　モリモト印刷株式会社
製本　株式会社村上製本所
ISBN978-4-909812-35-3　C0098